MONIQUE S'ÉVADE

DU MÊME AUTEUR

Pierre Bourdieu : l'insoumission en héritage
(sous la direction d'Édouard Louis)
PUF, 2013 et 2016

En finir avec Eddy Bellegueule
Seuil, 2014
et *« Points », n° P4092*

Histoire de la violence
Seuil, 2016
et *« Points », n° P4466*

Qui a tué mon père
Seuil, 2018
et *« Points », n° P5046*

Au cœur de la violence
(avec Thomas Ostermeier)
Seuil, 2019
et *« Points », n° P5296*

Dialogue sur l'art et la politique
(avec Ken Loach)
PUF, 2021

Combats et métamorphoses d'une femme
Seuil, 2021
et *« Points », n° P5525*

Changer : méthode
Seuil, 2021
et *« Points », n° P5621*

L'Effondrement
Seuil, 2024

Édouard Louis

MONIQUE S'ÉVADE

ROMAN

Éditions du Seuil

ISBN 979-10-414-2021-6

« C’est donc la Nouvelle Vie, que je vois. »

Hélène Cixous, *Ève s’évade*

I

Elle m'a appelé au milieu de la soirée. Elle pleurait. J'avais vingt-huit ans à l'instant de cet appel et c'était la troisième, peut-être la quatrième fois seulement depuis ma naissance que je l'entendais pleurer.

Elle me racontait au téléphone que l'homme qu'elle avait rencontré après sa séparation avec mon père et avec qui elle habitait maintenant dans un appartement de fonction au centre de Paris lui faisait revivre la même chose, il reproduisait avec elle les mêmes comportements que mon père lui avait infligés pendant vingt ans, en pire ; il buvait, beaucoup, quand le jour déclinait il se servait des verres de whisky les uns après les autres dans de vieux pots à moutarde reconvertis en verres à alcool, et une fois qu'il avait bu, il l'humiliait, il se mettait à l'insulter, à la traiter

de salope,
de pute,
de conne,

je l'entendais derrière elle tandis qu'elle m'appelait, ce soir de février, il l'insultait alors même qu'elle me parlait à travers le micro du téléphone, j'en étais le témoin, j'entendais cet homme lui dire qu'elle n'était qu'une salope, une pute, que son fils – moi – n'était qu'un pédé, que ses autres fils – mes frères – n'étaient que des ratés et elle, elle ne pouvait pas s'arrêter, elle ne pouvait pas retenir ses larmes, elle me disait, *Je me suis libérée de ton père, je pensais que ce serait une nouvelle vie pour moi et maintenant tout recommence, tout recommence pareil*, elle disait, ses mots entrecoupés par les sanglots, *Je ne sais pas pourquoi j'ai une vie de merde comme ça, pourquoi je tombe que sur des hommes qui m'empêchent d'être heureuse je mérite quand même pas de souffrir autant,*

est-ce que j'ai fait quelque chose de mal ?

Je me suis mis à pleurer, moi aussi.

Ses pleurs me faisaient pleurer.

J'ai tenté de reprendre mon souffle. Je me suis assis sur le canapé derrière moi et je lui ai dit : « Ne t'en fais pas, on va trouver une solution » – une phrase dictée par les circonstances, entendue sans doute des centaines de fois au cinéma ou à la télévision ; c'est toujours dans les situations les plus dramatiques que nos réactions sont les plus conformes.

J'essayais de réfléchir le plus vite possible : « D'accord, je sais ce qu'on va faire. Tu vas prendre quelques vêtements dans un sac et tu vas partir immédiatement. Tu vas aller chez moi. »

Elle pourrait se réfugier dans mon appartement ; je ne voulais pas qu'elle reste avec un homme qui l'agressait et qui la faisait souffrir, elle devait partir sans attendre, un ami qui avait la clé de mon appartement et qui était à Paris viendrait lui ouvrir la porte, bien sûr je n'avais pas encore prévenu mon ami mais je savais qu'il le ferait, je savais qu'il m'aiderait – qu'il l'aiderait. Je lui ai expliqué – à elle, ma mère – que j'étais à l'étranger depuis plusieurs semaines et pour deux semaines encore, à cause d'engagements professionnels, je ne pouvais pas rentrer immédiatement en France mais je ferais de mon mieux à distance.

Elle m'a répondu :

– Je crois que de toute façon j'ai pas la force de partir là, tout de suite. Je partirai demain.

J'ai insisté : on ne pouvait pas savoir comment la situation évoluerait si cet homme avec qui elle vivait était aussi agressif ce soir-là. Et s'il se mettait à devenir violent, physiquement ? S'il tentait de la frapper ? S'il se jetait sur elle tout à coup ? Ce n'est pas une situation si rare, je lui disais, tu sais bien que ma sœur est déjà revenue à la maison avec des marques sur le visage à cause d'un homme, Loïc le joueur de football que je trouvais si beau, tu sais bien que mon frère a déjà frappé une femme jusqu'à ce qu'elle finisse par appeler la police, j'ai vu toute ma vie et surtout dans notre famille des hommes qui frappaient des femmes, et je ne veux pas que ça t'arrive, je lui disais, *Je ne veux pas que ça t'arrive, tu dois partir, tu dois partir*, et tandis que je m'acharnais à la convaincre, l'homme derrière elle continuait d'éructer, Pourquoi tu me regardes comme ça toi, tu crois que c'est parce que tu me balances à ton fils que je vais avoir peur, espèce

de salope,

de connasse,

tu crois que je vais avoir peur de ton enculé de fils,

et je saisissais ces insultes pour lui dire, à elle – ma mère –, Mais tu vois, écoute comme il te parle, j'entends tout, il faut que tu t'en ailles, mon ami Didier va venir t'aider, s'il te plaît écoute-moi maman, prends seulement quelques vêtements et ton chien et sauve-toi, s'il te plaît sauve-toi, mais elle me répondait avec dans sa voix la fatigue d'un animal blessé, elle ne parlait pas, elle soufflait, *Non, non, je ne peux pas partir comme ça, j'ai des papiers à prendre avant de partir, j'ai des papiers importants ici, je vais attendre qu'il s'endorme pour les récupérer, il sait qu'il me tient parce que j'ai toutes mes affaires chez lui.*

Je la suppliais : *Mais des papiers ce n'est rien, tu peux les refaire, on les refera, promis, tu les déclareras perdus et on les refera, allez pars, pars*, je disais : *Si tu m'as appelé c'est que tu as senti un danger, sinon tu ne l'aurais pas fait, tu dois partir ce soir*, pourtant mes supplications ne servaient à rien, elle n'allait pas changer d'avis, et même, j'ai perçu que mon insistance devenait pesante, et tout à coup j'ai eu peur, peur d'ajouter des difficultés à une situation déjà asphyxiante, je m'en suis voulu, et je n'ai plus essayé ni de la persuader ni de la convaincre.

J'ai soupiré :

– Tu es sûre que la nuit ne sera pas trop dure à passer si tu restes ?

Elle a pris une grande inspiration. Elle avait cessé de pleurer :

– C'est pas une mauvaise nuit en plus qui va changer quelque chose. De toute façon bientôt il sera tellement saoul qu'il va s'endormir et qu'il me laissera tranquille. T'en fais pas, j'ai l'habitude.

Je savais qu'elle avait l'habitude. J'avais vu mon père quand il était ivre, tout au long de mon enfance, l'appeler

Grosse vache,

Gros tas

ou la Grosse, surtout devant d'autres personnes, pour les faire rire et pour l'humilier. Je savais qu'elle avait l'habitude, mais j'aurais justement voulu qu'elle ne l'ait plus.

Elle a répété :

– Ne t'inquiète pas. Je vais m'en sortir. Je suis désolée de t'avoir téléphoné.

Je lui ai fait promettre de partir le lendemain, dès qu'elle le pourrait, et elle me l'a promis. Je lui ai demandé :

– Tu veux que je reste avec toi au téléphone ? Je peux rester avec toi en ligne toute la nuit si tu veux.

Mais elle a refusé.

– Non. S'il me voit parler avec toi il va s'énerver encore plus. Je vais juste ignorer ce qu'il me dit jusqu'à ce qu'il soit tellement saoul qu'il va s'endormir.

J'ai raccroché, puis j'ai écrit à Didier. Quand son nom à lui s'est affiché sur l'écran de mon téléphone, j'ai décroché et je lui ai exposé ce qui venait de se passer. Didier a répondu qu'il serait chez moi le lendemain à n'importe quelle heure pour ouvrir la porte à ma mère et lui donner les clés. Je lui ai demandé s'il pouvait tirer de l'argent et le lui avancer, pour qu'elle fasse des courses, qu'elle s'achète de la nourriture et des produits de base, de l'argent que je lui rembourserais une fois rentré à Paris et Didier disait que bien sûr, bien sûr il le ferait.

J'ai posé le téléphone, j'ai regardé dans la pièce autour de moi et j'ai attendu. Je ne sais pas ce que j'attendais.

*

J'essayais de vivre la soirée de la manière la plus normale possible. Je n'y arrivais pas. J'étais certain qu'une catastrophe était sur le point de se produire. J'écrivais à ma mère sur WhatsApp : Ça va ? Ça ne dégénère pas ?

Elle me répondait : Ça ira. Va dormir, ne t'inquiète pas. Je l'imaginais recroquevillée dans un coin du salon pendant que l'homme près d'elle hurlait ; j'imaginais la lumière diffusée par son téléphone se refléter sur son visage pendant qu'elle tapotait sur le clavier, les nuances de vert et de violet sur sa peau la faisant successivement apparaître et disparaître. Je me rappelais avoir lu dans un livre d'histoire qu'un jour on avait retrouvé des corps de femmes du néolithique au squelette fracturé par la violence des hommes. La violence que vivait ma mère avait l'odeur des grottes et des cavernes de la préhistoire, l'odeur de la violence millénaire.

Je lui demandais encore : Il dort maintenant ? J'attendais ses réponses.

Je me levais, je tournais en rond.

Est-ce que j'en faisais trop ? Est-ce que j'exagérais ? Ou est-ce que c'est elle qui avait tellement subi de scènes comme celle-là qu'elle s'y adaptait finalement mieux que moi, quand bien même c'était elle qui était attaquée et insultée, et pas moi ?

Est-ce qu'elle me mentait sur la gravité de ce qui se passait ?

Je le soupçonnais.

Je me souvenais de ma sœur qui était apparue un soir de mon adolescence avec des marques sur le visage, et son mensonge que personne n'avait cru : *Je me suis encore cogné la tête qu'est-ce que je suis conne.*

Je me souvenais des récits que mon père faisait de son père – mon grand-père – qui, quand il avait bu, jetait des chaises au visage de sa femme, des histoires qu'elle – ma grand-mère – ne racontait jamais.

Est-ce que ma mère ne disait pas tout, elle non plus ?

Elle a fini par m'écrire : C'est bon, il dort. Demain je pars, je te jure. Va dormir.

Je me suis forcé à la croire ; j'ai avalé un somnifère, je suis allé me coucher et j'ai laissé active la sonnerie du téléphone. Je ne voulais pas rater un appel de sa part, une nouvelle. J'avais peur d'un accident, je rêvais d'un miracle.

*

Le lendemain. Elle avait attendu que je me réveille, que j'apparaisse *en ligne* sur l'application de messagerie instantanée, et elle m'a écrit : « Je suis prête. »

J'ai protesté : « Mais pourquoi tu ne m'as pas prévenu plus tôt si tu étais levée ? » Elle m'a répondu : « Je voulais te laisser te reposer. »

Toute la nuit j'avais craint qu'elle ne renonce. J'avais fait des cauchemars dans lesquels elle me téléphonait pour m'annoncer qu'elle avait changé d'avis, elle restait ; je lui ai dit mais elle semblait sûre de sa décision :

– Non c'est fini. Je ne me laisse plus marcher sur les pieds, je m'en vais une bonne fois pour toutes.

L'homme chez qui elle vivait dormait encore, c'était le moment idéal pour partir. Elle avait réussi à récupérer les documents administratifs auxquels elle tenait, en fouillant les tiroirs : son livret de famille, ses justificatifs de Sécurité sociale, ses ordonnances médicales. Sa carte d'identité. Elle avait préparé un petit sac de vêtements contenant des T-shirts, des paires de chaussettes, un seul pantalon en plus de celui qu'elle portait ; la veille, en parlant avec elle de son départ et en esquissant un plan pour sa fuite, je lui avais conseillé de n'emporter que le minimum d'affaires pour ne pas s'encombrer, et pour éviter de se faire mal au dos.

J'avais imaginé qu'une valise plus lourde aurait pu rendre la fuite plus difficile, plus lente, et que l'homme chez qui elle vivait aurait pu l'entendre, percevoir des bruits dans l'escalier, se réveiller et la rattraper, l'image avait tourné en boucle dans ma tête comme une vision d'horreur, j'avais imaginé cet homme poser sa main sur son épaule et lui demander, *Où tu vas comme ça ? Tu ne bouges pas d'ici*, et elle, pétrifiée, incapable de se mouvoir à cause de sa valise énorme, elle cloîtrée par lui ensuite, surveillée afin qu'elle ne tente plus aucune évasion, je lui ai décrit cette image, mon angoisse qu'elle se réalise mais elle m'a répété qu'elle n'avait qu'un sac à dos, un minuscule sac facile à transporter, et son chien.

Tout était prêt donc.

– On y va ?

– On y va.

J'ai commandé un taxi à distance depuis cet appartement où je me trouvais, à Athènes, à des milliers de kilomètres de son corps fatigué, de son souffle saccadé.

Moins de cinq minutes plus tard le chauffeur m'a averti qu'il était en bas. Elle est descendue :

– Je pars.

Elle laissait derrière elle des années de vie, des vêtements, des objets qu'elle avait achetés au fil du temps pour rendre l'appartement, comme elle disait, moins sinistre.

Je me représentais son corps d'un mètre cinquante-huit en fuite dans la rue, son sac accroché à ses épaules, son minuscule chien sous son bras, sa démarche précipitée pour parcourir l'espace entre son immeuble et la voiture qui l'attendait, son souffle, son souffle, et je l'imaginais se répéter, à l'intérieur d'elle-même : Je ne me laisse plus marcher sur les pieds. C'est fini.

J'ai téléphoné à Didier pour le prévenir qu'elle arrivait chez moi ; il était déjà en route, lui aussi. Il n'avait pas attendu mon signal, il s'était douté de ce qui se passait et il avait pris de l'avance.

Sur l'écran de mon téléphone, une voiture noire en miniature symbolisait le taxi qui progressait à travers les différents arrondissements de la ville, avec ma mère à l'intérieur. Je fronçais les yeux comme si j'avais pu l'apercevoir, comme si à force de concentration, j'avais pu transformer ce symbole en une matière vivante, documentaire.

Elle partait.

*

Elle habitait à Paris depuis sept ans. Quand elle en parlait elle me disait, souvent : « J'en reviens pas de vivre là ! À Paris ! D'avoir recommencé une nouvelle vie à mon âge, à plus de cinquante ans ! »

Elle qui avait passé la plus grande partie de son existence dans un village isolé du nord de la France, celui où j'avais grandi avec elle, un village d'à peine mille habitants, loin de tout, elle qui longtemps semblait condamnée à ne jamais partir, un jour elle l'avait fait : elle avait déjoué son destin.

C'est dans ce village qu'elle avait rencontré l'homme qu'elle allait devoir fuir sept ans plus tard, mais qui lui avait d'abord permis de s'échapper. Elle – ma mère – venait de chasser mon père après plus de vingt ans de mariage, vingt années pendant lesquelles il avait attendu d'elle qu'elle fasse la cuisine,

qu'elle nettoie la maison,

qu'elle fasse les courses,

qu'elle étende le linge,

qu'elle fasse la vaisselle,

qu'elle se taise pendant qu'il regardait la télé, six ou sept heures par jour, sous peine de déclencher sa colère,

elle n'avait plus supporté cette atmosphère et miraculeusement elle avait réussi à le chasser.

Après cette rupture, elle avait vécu seule avec mon petit frère et ma petite sœur, et plusieurs fois par semaine, en fin d'après-midi, elle rejoignait sa voisine dans le jardin collé au sien pour boire de la liqueur de litchi ou des petits verres de whisky.

Là, au cours d'un de ces apéritifs rituels, face au soleil qui se couchait au loin derrière les cheminées industrielles, un homme était apparu. C'était le cousin de la voisine. Il était né dans la région, mais il vivait à Paris depuis une dizaine d'années, dans l'un des quartiers les plus luxueux de la capitale : il travaillait comme gardien d'immeuble. Il l'a regardée et il lui a souri, il a tenté de la séduire ; elle n'a pas résisté, ils ont couché ensemble et après quelques mois à se voir épisodiquement elle l'a suivi à Paris, où je faisais mes études.

La première fois que je l'ai retrouvée, dans une petite rue près de la Seine, elle était coiffée, maquillée ; elle souriait ; je ne l'avais jamais vue aussi *consciente d'elle-même*. Je lisais dans ses expressions sa joie et sa stupéfaction devant ce qu'elle vivait. Il faut comprendre : la plupart des femmes qu'elle et moi avions connues dans le Nord vivaient et mouraient dans le même village, ou déménageaient à quelques kilomètres seulement, elles passaient leur vie avec le même mari, même quand elles ne l'aimaient plus : elles enduraient. Mais pas ma mère. Pas elle. C'est cette fierté que je lisais ce jour-là sur son visage. Elle m'avait lancé : « Tu as vu comme je suis belle maintenant que je vis ici », et je lui avais répliqué : « Oui, oui c'est vrai, tu es belle. Tu es la reine de Paris ».

Elle ne savait pas, et je ne pouvais pas savoir non plus, que ce rêve serait d'une durée aussi courte.

*

Ça aussi : tandis qu'elle montait dans le taxi, le matin de sa fuite, je me souvenais du jour où je lui avais promis qu'on passerait une soirée ensemble dans un restaurant près de la tour Eiffel. La honte est une mémoire. Je me souvenais parce que j'avais honte. C'était la troisième ou la quatrième année après son emménagement à Paris, je ne l'avais pas vue depuis plusieurs mois et je lui avais écrit pour lui dire que cette soirée à deux serait l'occasion de nous retrouver et de discuter. Elle avait répondu presque instantanément :

« Oui ! Quelle heure ? », et j'avais proposé :

« 21 heures ? »

Mais à la fin de la journée, un photographe de passage à Paris m'avait invité à dîner avec lui et j'avais accepté. J'ai écrit à ma mère pour lui dire que j'avais un problème, un imprévu de dernière minute, un rendez-vous professionnel important. J'avais menti. Ce n'était pas un rendez-vous professionnel, ce n'était pas important, mais dîner avec un artiste reconnu dans le monde entier plutôt qu'avec elle me flattait, naïvement.

Elle a réagi sous la forme d'une interjection : « Ah. »

Puis un autre message, quelques minutes plus tard : « C'est dommage je m'étais faite toute belle » – *se faire belle* était depuis qu'elle avait quitté mon père et qu'elle s'était installée dans une grande ville sa revanche sur la vie, une manière de se réapproprier son corps et de ne pas être réduite au statut d'esclave domestique : « Quand tu penses que j'ai passé des années en jogging à astiquer une baraque au milieu de la cambrousse pendant que ton père regardait la télé, sans jamais prendre soin de moi, tout ça c'est fini. »

Maintenant que je savais ce qu'elle avait subi chez cet homme avec qui elle habitait à Paris, qu'il buvait, qu'il l'insultait, qu'il l'agressait, je repensais à cette scène de l'annulation de la soirée avec elle et j'étais paralysé par la honte. J'en déduisais que les sorties, que ce soit celle que je lui avais fait espérer, ou n'importe quelle autre, devaient représenter une échappatoire, même brève, à ce qu'était son quotidien.

Un dehors.

Plus tard elle me le dira : « Ça faisait longtemps que c'était comme ça avec lui mais je ne te l'avais pas dit pour pas te tracasser. »

Plus tard ma honte continuera de s'élargir, de prendre toujours plus de place en moi.

*

Mais je continue : elle traversait la ville en taxi avec son chien sur ses genoux, son sac à dos à côté d'elle. Une femme qui s'enfuit. Depuis Athènes, je surveillais sur mon écran la progression de la voiture dans les rues de Paris.

Didier était déjà chez moi ; dix minutes plus tard il l'a entendue monter l'escalier, lentement à cause de son poids et de son souffle usé par l'asthme et par la cigarette.

Elle est entrée dans l'appartement, le front luisant de sueur. Didier lui a dit : « Vous êtes courageuse. Il est toujours difficile de s'enfuir. Je vous admire. »

Elle me l'a répété le lendemain au téléphone : « Ton ami m'a dit que j'étais courageuse. Et qu'il m'admirait. Ça se voyait qu'il le pensait. »

Dans sa vie, ma mère s'est souvent accrochée aux compliments qu'on lui faisait ; ils lui donnaient et lui donnent encore le sentiment d'être vue enfin, d'exister dans les yeux et dans les discours des autres, et donc de rompre avec l'invisibilité que lui ont imposée la pauvreté et la vie avec des hommes qui se sont acharnés à l'écraser. Quand j'étais enfant, il lui arrivait de me répéter plusieurs fois dans la même journée une remarque élogieuse qu'on lui avait faite au supermarché ou sur la place de la mairie, et je m'agaçais. Je criais : « Mais tu me l'as déjà dit mille fois !!! »

Maintenant je comprenais.

Didier a pris son sac pour le poser sur la table et il est resté quelques minutes avec elle, ils ont discuté ; mais il avait peur de la fatiguer. Il me dira le soir même qu'il l'avait trouvée très affaiblie et qu'il ne savait pas s'il devait rester ou partir, lui tenir compagnie ou la laisser seule. Il le lui a dit, tout simplement, il voulait faire ce qu'il y avait de mieux pour elle, et elle a chuchoté : « Oui, je crois que j'ai besoin de me reposer. »

Il lui a donné l'argent que je lui avais demandé de m'avancer, en plus des quelques courses qu'il avait faites pour elle, il lui a répété qu'elle pouvait l'appeler quand elle le souhaitait, et il est parti.

Quand il m'a prévenu qu'il rentrait chez lui, une nouvelle image m'est apparue, celle de ma mère dans le silence de mon appartement, entre deux vies, quelque part entre un passé à fuir et un futur inconnu.

Je ne sais pas si je trouvais cette image belle ou tragique, belle parce que ma mère venait de se libérer, ou tragique du fait qu'il fallait tout recommencer, se libérer encore une fois, elle qui pensait son bonheur assuré pour toujours depuis qu'elle avait quitté mon père.

Combien de fois est-ce qu'elle m'avait dit, après cette rupture : *Je vais être libre enfin !* Elle ne l'était pas. Elle devait se battre encore.

Didier m'a écrit : « Elle va avoir besoin de toi, je crois. »

J'ai regardé l'heure. Je réfléchissais. J'ai pensé qu'il fallait lui laisser le temps de s'installer ; j'ai compté, cinq minutes, dix minutes, puis je l'ai appelée en vidéo pour prendre de ses nouvelles.

– Tu vas bien ? Ce n'est pas trop dur ?

Sa voix était enrouée :

– Ça va. Je suis fatiguée mais ça va.

J'ai senti les larmes revenir dans mes yeux quand elle a prononcé cette phrase. La fatigue avait toujours été le signe central de l'injustice dans la vie de ma mère. Fatigue d'être réduite à l'espace domestique, fatigue d'être humiliée, fatigue de devoir s'enfuir, fatigue de devoir se battre, fatigue de devoir toujours tout recommencer.

Il y a des êtres portés par la vie et d'autres qui doivent lutter contre elle.

Ceux qui appartiennent à la deuxième catégorie sont fatigués.

Nous sommes restés longtemps au téléphone, par vidéo interposée ; elle me racontait comment elle avait rassemblé ses affaires et préparé son sac, comment elle avait attendu que l'homme chez qui elle vivait s'endorme, effondré-ivre sur le canapé, comment, alors même que ses yeux se fermaient et qu'il commençait à somnoler, il avait continué de prononcer des insultes, machinalement. Elle avait oublié des choses importantes dans la précipitation, des objets auxquels elle tenait, qu'elle aurait aimé avoir avec elle, en plus de tous ses vêtements qu'elle n'avait pas pu emporter, et j'ai tenté de la rassurer en lui promettant que j'enverrais un ami les récupérer.

Elle avait faim ; je lui ai proposé de commander un repas et de le faire livrer pour qu'elle n'ait pas à cuisiner ni à laver la vaisselle. L'idée qu'elle accomplisse des tâches domestiques dans ce contexte me bouleversait.

– Je te commanderai tes repas tous les jours et je te les ferai livrer, le temps que tu te remettes de tout ça, d'accord ? On en fera un petit rituel. On essayera des restaurants différents, des plats indiens, des plats libanais.

Est-ce que je n'en faisais pas trop, une fois de plus ? Je le lui ai demandé mais elle m'a arrêté :

– J'ai plus de forces, ça me dérange pas d'en faire le moins possible.

Il y avait autre chose : j'avais peur qu'elle s'ennuie chez moi. Elle était propulsée dans un environnement qui n'était pas le sien, seule, entourée des livres que j'avais accumulés depuis quelques années. Surtout, il n'y avait pas de télé dans mon appartement et je savais qu'elle la regardait beaucoup, notamment pour faire passer ses après-midi.

Elle m'a répondu que ce n'était pas grave, elle regarderait un film sur son téléphone ; de toute façon elle avait mal à la tête, elle n'était pas capable de se concentrer sur quoi que ce soit.

Un court silence a suivi sa phrase, elle a observé la pièce autour d'elle et j'ai compris qu'il fallait que je la laisse se reposer. Je lui ai dit :

– Bon, je te rappellerai demain. Essaye de te détendre un peu maintenant.

– Oui, je vais aller faire la sieste. Je crois que je vais faire la sieste toute la journée, manger, et puis aller dormir.

– Maman ?

– Oui ?

– Je veux que tu le saches, je suis fier de toi.

*

Un an à peine après son installation à Paris, elle avait frappé à la porte de ce même appartement en plein après-midi. J'avais sursauté ; personne ne vient jamais chez moi comme ça, à l'improviste.

J'écrivais ; j'ai fermé le rabat de mon ordinateur et je suis allé ouvrir. C'était elle. J'ai demandé :

– Mais qu'est-ce qu'il y a ? Tu ne peux pas venir chez moi sans me prévenir quand je travaille, ça ne se fait pas, je dois rester concentré.

Elle a répondu, d'une voix désolée :

– Je t'embête pas longtemps, je voudrais juste utiliser les toilettes.

J'ai levé les yeux au plafond :

– Oui, bien sûr…

J'avais attendu qu'elle sorte de la salle de bains et qu'elle s'assoie. Je lui avais servi un verre de jus d'orange.

– Mais pourquoi tu n'es pas allée au café ? Tu commandes quelque chose à boire et tu utilises leurs toilettes, c'est simple.

(Je n'osais pas lui dire que c'était une différence entre la ville et la campagne, qu'en ville il est tabou et presque impossible de frapper à la porte d'une personne, même d'un proche, sans l'avoir prévenu à l'avance.)

Elle m'avait répondu :

– Je pouvais pas aller au café.

– Mais pourquoi ?

– Parce que j'ai pas d'argent.

Elle m'avait expliqué qu'en s'installant chez l'homme avec qui elle était en couple, elle avait perdu les aides sociales qu'elle percevait suite à sa rupture avec mon père, et qu'en déménageant à Paris, elle avait aussi laissé derrière elle son emploi à mi-temps qui, en plus des quelques aides, lui garantissait une certaine autonomie.

En suivant un homme chez lui, elle était devenue dépendante.

– Et quand on se dispute il me dit que pour la peine il me donnera plus rien. Donc j'ai même pas deux euros pour prendre un café et aller aux toilettes. Aujourd'hui je voulais me promener et je me suis trop éloignée de chez nous. C'est pour ça que j'ai dû venir chez toi, sinon je t'aurais pas dérangé.

J'avais oublié cette scène, soudain je me souvenais.

La honte est une mémoire.

*

Le jour d'après sa fuite, onze heures du matin. Je venais de me réveiller. J'ai bu quelques cafés et je l'ai appelée :

– Comment ça va aujourd'hui ?

Elle avait l'air essoufflée, comme si elle venait de courir.

– Je suis toujours fatiguée, mais ça va. J'ai beaucoup dormi. Je suis contente d'être partie.

J'étais rassuré ; j'avais recommencé à avoir peur qu'elle regrette sa fuite et qu'elle retourne en arrière.

Didier avait eu la même inquiétude que moi : « Maintenant qu'elle a fait le plus difficile, il est important qu'elle tienne bon et qu'elle ne retourne pas chez cet homme. Fuir et se libérer demandent une telle énergie que, souvent, en cours de fuite, on renonce et on fait demi-tour. »

Didier avait raison, on préfère souvent se rendre à une souffrance connue que se livrer à une situation nouvelle. C'était arrivé déjà ; quand j'avais huit ou neuf ans, elle avait essayé de quitter mon père une première fois.

Elle avait appelé sa sœur qui était venue nous chercher – nous, c'est-à-dire ma mère, mes frères et sœurs et moi – et, tous, nous étions allés vivre dans son appartement en ville qui dégageait une violente odeur de plastique à cause du revêtement de sol chauffé par les rayons du soleil. Mais deux ou trois jours plus tard, ma mère nous avait annoncé qu'on rentrait à la maison. Mon père lui avait téléphoné pour la supplier de revenir et elle avait cédé : comment est-ce qu'elle aurait pu s'en sortir, sans argent, sans diplômes, sans permis de conduire, sans formation professionnelle, seule avec cinq enfants ?

Elle le dira plus tard à propos de ce moment de sa vie : « J'aurais bien voulu partir, mais pour aller où ? Et comment j'aurais fait ? »

Je m'étais senti trahi, moi qui rêvais d'une vie sans père : j'étais trop jeune et je ne savais pas encore que la liberté a un prix, un prix que ma mère ne pouvait pas payer.

*

Ce matin du lendemain de sa fuite je lui ai donc demandé encore une fois :

– Tu ne vas pas retourner chez cet homme, tu me le promets ?

Elle a répondu :

– Ah ça non, j'ai ma liberté, je la garde. Je te le promets.

Je suis passé à un sujet plus léger :

– Et alors, qu'est-ce que tu vas faire aujourd'hui ? Tu as des idées ?

Elle a haussé les épaules.

– Faire des courses avec l'argent que m'a laissé ton ami Didier, sortir le chien… Je sais pas. J'avoue que je sais pas quoi faire.

Je m'en voulais de sa réponse. Si j'avais été avec elle, j'aurais pu l'emmener faire une promenade, voir un film au cinéma ou boire des cocktails dans un bar d'hôtel pour lui changer les idées – quand elle s'était installée à Paris, les premières semaines, je l'avais invitée à venir avec moi dans les hôtels les plus luxueux de la ville, le Park Hyatt, le Ritz, le Plaza Athénée, des endroits où je n'aurais jamais eu l'idée d'aller dans un contexte normal. J'avais voulu lui faire vivre des moments inoubliables pour célébrer le début de sa nouvelle vie, lui faire visiter des lieux caricaturalement beaux et inaccessibles, et je me souvenais à quel point elle avait aimé ces épisodes d'un luxe qu'elle n'aurait jamais pensé pouvoir effleurer, et la manière dont elle disait en levant son verre et en me rappelant que quelques années plus tôt elle vivait encore avec mon père dans une maison en ruine d'un village du Nord :

– On s'en sort pas mal tous les deux, non ?

Cette fois ce n'était pas possible ; je me suis excusé d'être aussi loin d'elle, j'avais signé un contrat pour une résidence d'écriture à Athènes et j'avais besoin de l'argent associé à ce contrat. De toute façon, le temps de trouver une solution durable, c'était grâce à cette situation que mon appartement était libre et qu'elle pouvait l'occuper – pourtant aujourd'hui je ne peux pas m'empêcher de me poser la question : est-ce que j'aurais dû rentrer ? Est-ce qu'il y a d'autres choses que j'aurais pu faire et que je n'ai pas faites ? À quel point est-ce que je reconstruis mon souvenir de ce qui s'est passé ?

Je lui ai dit :

– Écoute, maman, tu vas t'ennuyer chez moi si tu n'as rien à faire. Je vais appeler un ami pour qu'il vienne t'installer une télévision, mais en attendant, tu peux te servir de mon ordinateur pour regarder des films et des séries.

Elle a mordillé sa lèvre inférieure.

– Je ne sais trop pas faire ça, j'y connais rien tu le sais.

Je n'y avais pas pensé, plus pensé : ma mère ne s'était jamais vraiment servie d'un ordinateur.

– Je peux te montrer comment faire à travers la vidéo.

Elle a résisté, l'air toujours épuisé, la voix traînante :

– Oh non, tant pis, je regarderai des trucs sur mon téléphone…

J'ai insisté :

– Je te promets que ce n'est pas si compliqué. Si tu t'ennuies, tu vas être malheureuse. Et si tu es malheureuse, tu vas être tentée de revenir en arrière…

Je lui ai proposé de la rappeler deux heures plus tard, le temps qu'elle puisse se doucher et se préparer, souffler un peu. Elle pourrait utiliser cet intervalle pour réfléchir et si elle n'avait pas envie, on ne le ferait pas. J'ai raccroché et je suis allé marcher dans les rues, le soleil dehors était puissant, il me forçait à fermer les yeux.

*

Une parenthèse : ma mère n'avait jamais appris à se servir d'un ordinateur tout comme elle n'avait jamais pu apprendre à conduire ni jamais pu suivre une formation professionnelle.

Toutes ces absences dans sa vie faisaient partie d'un même système.

Quand elle avait dix-sept ans et qu'elle était tombée enceinte pour la première fois, elle avait arrêté sa formation de cuisinière pour élever mon frère. Son premier mari lui n'avait pas arrêté son apprentissage.

Quand plus tard elle avait voulu passer son permis de conduire, mon père l'en avait dissuadée : il lui disait qu'elle n'en avait pas besoin puisque lui l'avait, qu'il suffisait qu'elle lui demande pour qu'il l'emmène où elle voulait – ce qu'évidemment il ne faisait pas.

Au moment où elle aurait pu se familiariser avec l'informatique, elle manquait de temps puisqu'elle

préparait le petit déjeuner des enfants tous les jours,

elle les réveillait pour aller à l'école,

elle repassait leur linge,

elle allait les chercher à la sortie des classes – *je n'ai jamais vu mon père accomplir la moindre de ces tâches en quinze ans.*

Elle n'avait jamais fait quoi que ce soit pour elle-même.

Sa vie avait été, jusqu'à maintenant, une vie pour les autres.

*

Son visage est réapparu sur l'écran de mon téléphone. Elle avait mis des lunettes comme pour se préparer à faire quelque chose de sérieux.

– Tu es prête ?

– Oui, je suis prête. Je suis devant l'ordinateur.

J'ai plaisanté :

– Tu es mignonne avec tes petites lunettes.

Et elle a ri :

– T'es con toi…

– Bon, soyons sérieux, on y va.

Il fallait allumer l'ordinateur. Elle a pris quelques secondes pour trouver le bouton que je lui avais décrit puis j'ai entendu le son qui indiquait qu'elle avait réussi, la page d'accueil s'ouvrait. J'ai commencé : *Alors, je t'épelle mon mot de passe. Tu m'entends ? La première lettre, c'est M majuscule.* Elle a répété ma phrase, d'une voix plus hésitante et en étirant les voyelles, *Alors, ooook, la premièèèère leeettre, M majuuuuscuuule.* Elle s'est arrêtée :

– Comment je fais la majuscule ?

– Tu appuies sur la touche majuscule et en même temps tu appuies sur le M.

Elle a produit un léger son nasal.

– Mais elle est où la touche majuscule ?

Court silence.

Hésitation.

Ce serait plus difficile que je ne l'avais pensé.

– Tu vois les touches le plus à gauche sur le clavier ? La majuscule doit être la troisième ou la quatrième en partant du bas, une grosse flèche qui pointe vers le haut. Ça doit être à peu près le même clavier que celui de ton téléphone quand tu envoies un message.

Elle ne trouvait pas. Elle m'a dit :

– Il y a pas cette touche…

Et j'ai répondu :

– Mais si maman, regarde bien.

– Je te jure elle y est pas.

– Mais si…

Court silence.

Hésitation.

– Ah, ça y est !

J'ai fini de lui épeler le mot de passe qu'elle a tapé lettre par lettre :

– Et maintenant tu appuies sur entrée.

La même chose s'est reproduite qu'avec la touche majuscule.

– Entrée ?

– Oui… C'est une des touches tout à droite, une grosse touche aussi, il doit y avoir écrit Entrée ou Enter dessus.

Elle a cherché :

– Euh…

Et puis elle a soufflé et elle a retiré les lunettes :

– Je préfère arrêter, on fera ça un autre jour.

J'ai insisté :

– Allez, tu vas y arriver. Et une fois que tu sauras t'en servir, tu sauras le faire à vie… Tu as réussi à quitter un alcoolique, tu vas réussir à démarrer un ordinateur.

Elle a ri de nouveau et j'ai ri avec elle.

– Je te rappelle que j'en ai pas quitté un mais que j'en ai quitté trois. J'ai eu trois maris. Trois poivrots.

– Raison de plus pour savoir que tu peux te servir d'un ordinateur. On s'y remet ?

Elle s'est frotté les yeux.

– D'accord.

Elle a pris une grande inspiration et nous avons continué, étape par étape.

Je lui disais d'ouvrir une fenêtre, de faire glisser la souris sur l'écran, mais elle ne comprenait pas ce que signifiaient ces phrases. Je lui disais, *Double-clique, Ferme cette page*, mais elle ne connaissait la signification d'aucun de ces mots, d'aucune de ces expressions ; je n'y avais jamais réfléchi, soudainement je me rendais compte de tout le vocabulaire technique qu'il faut maîtriser pour se connecter à un site Internet.

J'avais sorti l'ordinateur portable sur lequel je travaillais depuis l'appartement d'Athènes, et je lui montrais ce qu'elle devait faire pour qu'elle puisse m'imiter, j'approchais la caméra de mes doigts pour lui indiquer les gestes et les actions à répéter.

Elle chuchotait, les sourcils froncés, *D'accord, Oui, Ça y est.*

Elle soupirait, elle se décourageait, la fatigue du jour de sa fuite revenait dans son regard, je me sentais coupable de l'entraîner dans cette situation, mais elle se reprenait ; parfois elle sautait sur sa chaise en criant : *J'ai réussi du premier coup ! Qu'est-ce que je suis douée comme femme.*

Après presque une demi-heure, elle est parvenue à ouvrir la page d'une plateforme de streaming.

Elle a posé ses lunettes sur la table devant elle et elle a chuchoté : *Voilà.*

Elle avait cinquante-cinq ans et ensemble, à travers l'écran qui nous séparait, on tentait de rattraper toutes les années qui lui avaient été volées.

*

Quand elle avait posé les lunettes sur la table devant elle, elle n'avait pas seulement dit : *Voilà.* Elle m'avait dit aussi : *Je t'aime mon fils.*

Je n'avais pas su quoi répondre.

*

Ma gêne avait réveillé mes souvenirs et m'avait rappelé cette fois où le fils de ma sœur était venu passer un long week-end avec ma mère à Paris. Il avait fêté ses six ans la semaine d'avant et elle avait voulu pour l'occasion lui montrer sa nouvelle vie, son quartier, ses habitudes tout juste établies – c'était peu de temps après son emménagement.

Pendant ces vacances à deux ils avaient fait tout ce qu'on peut attendre d'un séjour touristique, ils avaient marché dans les rues près du Louvre, ils s'étaient promenés dans les grands magasins, ils avaient mangé des glaces aux abords des parcs, au Jardin du Luxembourg et aux Tuileries. La veille de leur dernier jour ensemble, je les avais rejoints près de l'Odéon et j'avais demandé à ma mère :

– Arthur rentre demain, c'est ça ?

Elle le tenait par la main, et soudain, sa gorge s'était serrée :

– Oui… Il part demain il va me manquer… Je suis heureuse avec lui.

Son émotion m'avait tellement étonné, tellement déstabilisé : je ne l'avais jamais vue être émue dans mon enfance quand elle se séparait de l'un de mes frères et sœurs. Je ne l'avais jamais vue être aussi douce ou aussi sentimentale.

Dans mon enfance, quand je cohabitais avec elle, ma mère était une femme plutôt dure. La situation que lui faisait subir mon père la plongeait dans un état d'oppression et d'anxiété permanent, qui la transformait en une personne souvent cruelle. Je la revois fumer une cigarette dans les angles mal éclairés de la maison et dire du mal des voisins ou de ses propres enfants. Je me revois pendant des années rêver d'une autre mère, rêver d'avoir une autre mère à la place de ma mère, plus tendre, plus aimante.

Mais après avoir quitté mon père et s'être installée loin de lui, elle avait changé.

La scission était nette, précise : il y avait ma mère d'avant la rupture, et il y avait ma mère d'après la rupture, comme deux personnes distinctes. Cette transformation ne se limitait pas à la douceur : elle était aussi devenue plus drôle, elle exprimait plus d'empathie.

Elle avait conscience de cette métamorphose.

Plus tard elle me dira à propos de sa séparation avec l'homme chez qui elle avait vécu à Paris : « Je voulais partir avant qu'il me rende méchante comme ton père me rendait méchante. »

*

C'était le deuxième jour après sa fuite en taxi à travers la ville. Elle avait l'air d'aller mieux, son visage changeait. Pendant la journée elle avait exploré le quartier avec son chien et elle avait regardé un film ; elle me disait qu'elle aimait ce rythme où elle décidait. Où elle n'avait rien d'autre à prendre en compte que ses envies, à elle.

L'homme qu'elle avait fui l'appelait plusieurs fois par jour, il lui laissait des messages vocaux, dans certains messages il la suppliait,

Reviens ma biche tu me manques,

dans d'autres il s'énervait, criait, insultait,

Qu'est-ce que tu fous,

Tu tc crois maligne à te barrer comme ça,

il exigeait des explications, il ne comprenait pas pourquoi elle avait disparu, il voulait savoir où elle était.

– Je supprime ses messages à peine reçus. Et tu sais quoi ? Ça me fait bien plaisir de l'entendre supplier comme il fait.

L'argent que j'avais demandé à Didier de m'avancer et de lui donner était presque totalement dépensé, elle en avait eu besoin pour acheter les produits de la vie quotidienne qui manquaient chez moi, de la nourriture pour son chien, du shampoing, du café, du liquide vaisselle, des fruits ; j'ai fait un virement sur son compte bancaire, et puis nous avons esquissé une sorte de bilan à deux : elle avait retrouvé des forces, elle se sentait mieux, elle avait de quoi manger et de quoi se divertir, elle était sûre qu'elle ne reviendrait pas en arrière ; elle rêvait d'un nouveau départ.

La prochaine étape était donc de savoir où elle allait vivre. J'avais déjà tenté de lui poser la question le lendemain de la fuite mais elle avait soupiré, non pas d'agacement je crois mais de perplexité, et elle m'avait dit, l'air perdu, comme si elle me suppliait d'arrêter de lui poser des questions, *Je ne sais pas, je ne sais pas*.

Ce jour-là, j'ai pensé que c'était le moment d'en parler ; j'allais finir par rentrer d'Athènes et même si ça n'avait pas été le cas, il lui fallait un endroit *à elle*.

– Tu as pu y réfléchir ?

Elle a hoché la tête :

– Oui j'ai réfléchi. Je me suis dit que je pourrais peut-être vivre dans le village où ta sœur a emménagé. C'est un beau village et ça me permettra de voir ses enfants…

C'était une excellente idée ; non seulement on pourrait trouver une maison plutôt qu'un appartement minuscule à Paris ou en banlieue pour le même prix, mais surtout ma sœur serait plus disponible que moi pour la voir et pour passer du temps avec elle – je devais me rendre à l'évidence, en quelques années dans la même ville qu'elle je ne l'avais vue qu'une dizaine de fois, pas plus.

– Tu as raison, tu pourrais être bien là-bas. Tu veux qu'on commence à regarder les annonces sur les sites d'agences immobilières ?

Elle a acquiescé :

– Si tu veux tu regardes, et s'il y a des trucs bien tu me montres. Ça te dérange pas de t'en occuper ?

Je lui ai dit que je le ferais, je ferais une première sélection et je lui enverrais.

*

Pendant ces quelques jours de fuite et de préparation de sa Nouvelle Vie, ma mère réclamait une prise en charge *totale*. Elle estimait qu'elle avait droit au repos et à *l'assistance radicale* après ce qu'elle venait de vivre, et j'étais d'accord, je le faisais volontiers – Didier l'avait fait pour moi des années plus tôt quand, après une opération, j'étais resté alité pendant des jours. Il m'avait apporté mes dîners, appelé presque toutes les heures, offert des livres, tenu compagnie jusqu'au début de la nuit, au fond je reproduisais avec ma mère ce que l'amitié m'avait appris, au fond elle – ma mère – considérait, comme j'en étais venu moi aussi à le considérer, que l'émancipation ne passe pas seulement par l'action mais aussi, en certaines circonstances, par un droit à l'abandon, à la délégation, au retrait.

*

J'ai commencé à chercher une maison pour elle. Je me connectais aux sites des agences immobilières, je téléchargeais des applications, j'entrais « maisons à louer » et le nom du village de ma sœur sur Google. Je faisais défiler les pages virtuelles mais rien n'apparaissait ; je ne comprenais pas. J'avais des rendez-vous prévus dans le cadre de la résidence athénienne, je les annulais pour gagner du temps, je prétendais que j'étais retenu par le travail d'écriture et je retournais sur les mêmes applications, encore, je reprenais la même recherche mais sans spécifier aucun critère de prix ni de surface pour obtenir le plus de résultats possible, je réessayais en indiquant le nom d'un village voisin, en découpant manuellement la zone géographique sur les plans proposés par les sites d'achat et de location, mais chaque fois le même message s'affichait : « Aucun bien ne correspond à votre recherche. »

J'essayais, j'essayais autrement, sur d'autres sites. Je ne dois pas exagérer, c'est vrai, parfois une ou deux annonces surgissaient mais les photos montraient soit une maison en ruine, soit un pavillon gigantesque et trop éloigné du village de ma sœur, rien qui ressemble à un endroit où ma mère aurait pu vivre – et pour la première fois j'éprouvais l'importance de cette expression, *vivre* quelque part, et pas seulement habiter, trouver un lieu dans lequel sa vie serait vivable, et pas seulement un toit ou un abri. Avec l'homme chez qui elle avait vécu, elle n'avait pas vécu. Elle avait habité avec lui, mais cette cohabitation avait justement rendu la vie invivable. Je dois faire attention aux expressions que j'emploie, il n'était pas *l'homme avec qui elle avait vécu, il était l'homme avec qui elle avait habité.*

J'ai appelé Didier pour lui demander ce qu'il en pensait. Il m'a conseillé de téléphoner à une agence de la région et j'ai appelé celle de la ville la plus proche, à une douzaine de kilomètres du village.

Un homme a décroché.

Il m'a posé quelques questions, puis il m'a expliqué qu'il fallait voir directement « sur place », c'était son expression : il me disait que dans un village aussi petit on peut trouver une maison à louer en parlant à ses voisins ou sur la place de la mairie, parfois grâce à une annonce déposée et scotchée à la vitrine de la boulangerie ou du débit de tabac, mais pas sur Internet, sur les sites que j'avais consultés n'étaient répertoriées que les maisons à vendre, sauf exception – comment est-ce que j'avais pu oublier cette évidence, moi qui avais grandi dans un milieu rural et qui avais été témoin de ce fonctionnement ?

– Est-ce que vous ne connaîtriez pas quelqu'un qui pourrait aller se renseigner dans le coin, peut-être à la mairie ou dans les commerces ?

J'ai dit à voix basse :

– Si, si, ma sœur vit là-bas…

Elle s'était installée dans ce village trois ans plus tôt avec son mari et ses deux enfants, je le savais à travers ma mère, mais je ne lui avais pas adressé la parole, à elle, depuis huit ans.

Elle m'en avait voulu quand j'avais publié mon premier roman, un livre dans lequel j'évoquais notre famille, et en particulier la pauvreté et la violence que nous avions connues – elle, autant que moi. Elle m'avait envoyé des messages d'insulte le lendemain de la sortie du livre, puis plus rien ; je n'avais plus jamais parlé avec elle après ça, mais j'avais toujours son numéro de téléphone.

J'ai remercié l'agent immobilier pour ses conseils, j'ai repris mon souffle et j'ai appelé ma sœur.

– Allô ?

– Allô ?

J'essayais de deviner son visage à travers les inflexions de sa voix. Est-ce qu'elle avait changé ?

– Tu m'entends ? C'est moi.

– Édouard ?

– Oui. Tu vas bien ?

– Ça va. Ça fait longtemps…

– C'est vrai…

Il n'y avait pas de colère dans sa voix. Plutôt de la tristesse et de la nostalgie. C'est étrange, la colère m'aurait mis plus à l'aise.

Je ne savais pas quoi dire et pour combler la gêne j'ai annoncé, d'une voix précipitée, *Bon, il faut que je te parle de quelque chose.*

J'ai exposé la situation, la fuite de ma mère, la nouvelle existence qu'il fallait l'aider à bâtir, la maison introuvable.

Elle était déjà au courant d'une partie de ce que je disais. Elle m'écoutait, elle émettait des hypothèses ; j'avais l'impression qu'à n'importe quel moment elle aurait pu m'interrompre pour me demander des explications sur les huit ans de silence entre nous, mais elle ne l'a pas fait.

Elle m'a proposé de me rappeler le lendemain ou le jour d'après, le temps qu'elle puisse faire le tour des commerces près de chez elle et qu'elle parle aux personnes qu'elle croisait tous les matins en emmenant ses enfants à l'école.

Je l'ai remerciée, j'ai raccroché et j'ai écrit à ma mère : *Je continue de chercher, Clara me donne un coup de main. C'est un peu plus difficile que prévu.*

*

J'avais été proche de ma sœur, il y a longtemps. À quinze ans, elle avait commencé à travailler en alternance comme vendeuse dans une petite boulangerie du centre du village où j'ai grandi avec elle. Elle avait travaillé directement après le collège, sans transition ; elle avait rêvé de devenir professeure d'espagnol mais le conseiller d'orientation l'avait découragée, il lui disait que dans une région aussi déshéritée et pauvre que le Nord, il valait mieux être pragmatique et commencer à travailler tout de suite, plutôt que de se risquer à faire des études.

Elle partait tous les matins très tôt, avant le lever du soleil, pour mettre en rayon le pain et les viennoiseries, et elle rentrait au début de la soirée.

Mes parents exigeaient qu'elle leur donne la moitié de son salaire tous les mois pour contribuer aux dépenses de la famille, et elle vivait cette situation comme une injustice : elle connaissait des filles, ses copines, qui travaillaient comme elle et à qui leurs parents ne demandaient rien ; avec cet argent elles s'achetaient des jeux vidéo, des vêtements, des téléphones.

Alors, quand elle a eu dix-sept ou dix-huit ans, elle est partie ; elle s'est installée dans un studio de quinze mètres carrés dans une rue près de la boulangerie. Elle me proposait souvent de venir dormir chez elle, la plupart du temps par un message qu'elle m'envoyait tard dans la nuit, quand tous les autres dormaient. Je remplissais un sac à dos avec des affaires, je laissais un mot à ma mère sur la table et je traversais les rues pour la rejoindre, avec comme seul bruit celui de mes pas sur l'asphalte.

Je passais deux, trois nuits avec elle.

Je me souviens qu'on regardait des séries tout l'après-midi sur son canapé, dans sa minuscule pièce, et qu'on disait du mal de nos parents, qu'on disait en réalité et en substance beaucoup des choses que j'allais écrire ensuite sur eux – c'est pour cette raison surtout que je ne m'étais pas attendu à sa réaction à la publication du livre. Je me souviens qu'on partait en boîte de nuit le soir et qu'on chantait à pleine voix dans sa voiture, qu'on partait au supermarché le mercredi ou le samedi après-midi, pour des heures, des journées entières à acheter des vêtements ou des bouteilles de soda, je me souviens qu'on riait dans les allées immenses et climatisées des magasins, avec dans l'air l'odeur de la nourriture industrielle et des détergents qui servaient à désinfecter les sols de la galerie commerciale.

Du jour où j'avais commencé à faire des études, alors que personne n'en avait jamais fait dans notre famille, du jour où je m'étais mis à lire des livres, à aller au théâtre, à m'intéresser à l'histoire du cinéma, toutes ces choses étaient devenues impossibles, brutalement. Tout à coup je m'ennuyais, je détestais les après-midi au supermarché, je les voyais comme des pertes de temps, je méprisais les jeux vidéo que je considérais comme idiots, je m'étais mis à dire – parce que j'avais entendu quelqu'un prononcer cette phrase à l'université – que l'odeur qui flottait dans les fast-foods était répugnante, qu'elle me donnait la nausée.

J'avais arrêté de passer des après-midi ou des nuits avec ma sœur.

Je la connaissais de moins en moins, avant même la rupture.

C'est ça aussi, la distance de classe, la violence de classe : ne plus pouvoir chanter à deux dans une voiture, ne plus pouvoir rire ensemble dans les rayons d'un supermarché.

*

Deux jours après notre première conversation depuis huit ans mon téléphone a sonné. J'ai décroché ; c'était elle, ma sœur. Je devinais un sourire dans sa voix :

– Bonne nouvelle, j'ai trouvé des choses.

Elle avait cherché partout où c'était possible, dans les commerces, à la mairie, sur les groupes Facebook des habitants, elle avait interrogé toutes ses connaissances et même les semi-inconnus qu'elle croisait le matin en allant au travail mais à qui elle ne parlait pas d'habitude, et ses efforts avaient payé, elle avait trouvé deux endroits où ma mère pourrait éventuellement vivre : un studio au-dessus de la boulangerie du village, et une petite maison avec un jardin, dans une rue calme à l'écart. Elle m'a envoyé des photos des deux logements pendant qu'elle me parlait. J'ai fait glisser les images de droite à gauche et j'ai dit que je devais la laisser, je voulais appeler ma mère et la prévenir, je ne pouvais pas attendre.

Durant les deux jours que ma sœur avait passés à chercher ces logements, ma mère avait commencé à rêver :

– Tu te rends compte que j'ai cinquante-cinq ans et que je vais vivre toute seule pour la première fois de ma vie !

Quand son visage est apparu sur l'écran de mon téléphone j'ai crié :

– On y est presque ! Il y a deux logements ! Il y en a un plus grand que l'autre mais les deux ont l'air très bien.

Elle a crié aussi fort que moi :

– Raconte ! Je veux tout savoir.

Combien de fois est-ce qu'on avait crié ensemble dans nos vies, et pas l'un contre l'autre ?

Je lui ai résumé l'échange avec ma sœur et je lui ai demandé si elle voulait voir les photos des logements. Oui, elle voulait. Elle voulait les voir tout de suite. Elle ne savait pas comment regarder les images reçues sur son téléphone pendant un appel, alors j'ai raccroché, je lui ai laissé cinq minutes et j'ai rappelé.

– Ça te plaît ?

– J'aime beaucoup.

Il fallait qu'on agisse vite : ma sœur m'avait dicté le numéro du notaire du village, c'était lui qui s'occupait d'organiser les visites.

S'il confirmait la possibilité de voir la maison et le studio rapidement, j'enverrais à ma mère un billet de train depuis Athènes pour qu'elle puisse rejoindre ma sœur et qu'elle aille comparer les deux logements avec elle.

– Ça te convient comme plan ?

– Oui.

J'ai laissé passer deux ou trois secondes :

– Et ça ne sera pas trop fatigant pour toi, tous ces mouvements, alors que tu commences à peine à te reposer ?

Il n'y avait que cinq ou six jours qu'elle avait fui, peut-être qu'elle n'avait pas envie ou pas la force de s'agiter et de prendre des décisions aussi importantes.

Mais une fois de plus je me trompais, elle avait hâte :

– Oh non, je suis contente, je vais pas me plaindre de visiter des logements ! Tu appelles le notaire et tu me diras ?

J'ai hoché la tête, *Oui, Oui bien sûr.*

Avant que je raccroche elle m'a demandé :

– Tu me montres un peu Athènes ?

J'ai marché vers une fenêtre et je l'ai ouverte pour qu'elle puisse observer la pierre blanche dehors, le béton clair et les tôles d'acier qui forment le paysage de la ville et qui ce jour-là, comme presque tous les jours de l'année, reflétaient le soleil. Je lui ai promis qu'on irait bientôt. Qu'on partirait, ensemble.

*

Pourquoi est-ce que je ressentais un besoin aussi profond de l'aider ?

*

J'ai appelé le notaire. Il pouvait faire visiter l'appartement et la maison deux jours plus tard. Il parlait d'une voix polie, aimable.

J'ai averti ma mère et j'ai réservé des billets de train à distance, pour elle et pour son chien – et toujours cette question en moi : *pourquoi est-ce que je ressentais un besoin aussi impératif de l'aider* ?

Je continuais de lui téléphoner à intervalles réguliers en attendant les visites ; elle avait envie de parler.

Comme beaucoup de personnes qui échappent à une situation violente, elle voulait raconter son histoire :

– Tu sais ça faisait vraiment longtemps qu'il faisait ça. Qu'il buvait trop et qu'à chaque fois il devenait méchant. Quand je me suis mise avec lui ça allait encore, il buvait en mangeant le soir, mais ensuite il a commencé à boire de plus en plus tôt tous les jours. À six heures du soir, et puis à quatre heures, et puis à trois heures. Et au bout du compte il était déjà bourré l'après-midi. Il s'en prenait à moi mais surtout à mes enfants, à toi surtout. Il me disait, Ton fils c'est qu'un pédé, ça te donne pas envie de gerber franchement ? Et moi je pouvais pas supporter qu'il vous insulte. On peut s'en prendre à moi mais pas à mes enfants.

Elle m'avait dit :

– Il était méchant sur l'argent aussi. C'est lui qui avait voulu me faire venir à Paris et qui m'avait demandé d'abandonner mon HLM dans le Nord pour le rejoindre. Moi j'avais hésité… j'avais pensé : si ça se passe mal je serai bloquée avec lui. Et je lui en avais parlé, il m'avait répondu, Mais non tu verras, on sera bien tous les deux, je prendrai soin de toi. Mais bien sûr j'avais eu raison de me méfier. Quand il était bourré il me reprochait, Tu vis à mes frais ici je te rappelle. Si je prenais un morceau de beurre dans le frigo il me disait, Prends moins de beurre que ça ça se voit que c'est pas toi qui payes. Si je me faisais du lait chaud il me disait, Le lait chaud une demi-tasse c'est assez, pas besoin d'une tasse entière. Je lui répondais, C'est toi qui m'as emmerdée pour que je vienne vivre ici je te rappelle, mais il m'écoutait pas, il recommençait, De toute façon j'en ai marre de toi et de ta famille, et de tes ratés de fils, t'as vu comment ils sont tes gosses, t'as un alcoolique un fainéant et un pédé et toi de toute façon t'es

qu'une connasse

une salope.

J'avais soupiré :

– C'est fini tout ça maintenant. N'y pense plus. Dans quelques heures tu visiteras ta nouvelle maison, et bientôt tu seras loin de lui.

*

Je me suis réveillé plus tôt que d'habitude le matin des visites et j'ai attendu son appel.

J'avais rendez-vous avec les acteurs d'une troupe de théâtre grecque pour une séance de travail liée à la résidence d'écriture, et j'y suis allé.

Traversée de la ville, arrivée au théâtre, voix feutrées.

Je ne me souviens de rien. Je n'écoutais pas ce qu'on me disait. Je pensais à ma mère, aux lieux qu'elle visitait, à sa nouvelle vie. Tout le reste m'apparaissait comme futile. Tout le reste m'apparaît aujourd'hui futile en comparaison de cette chose-là : la vie, sa possibilité.

En milieu d'après-midi j'ai reçu un appel en vidéo et je me suis isolé ; cette fois c'est elles deux, ma mère et ma sœur, qui sont apparues sur l'écran de mon téléphone. Je redécouvrais pour la première fois le visage de ma sœur ; elle n'avait pas beaucoup changé en huit ans. Les mêmes traits, seulement un peu plus fatigués. Elle a parlé la première :

– On a vu l'appartement et la maison, ça y est. Tu as reçu les vidéos ?

Oui, je les avais reçues et je les avais regardées.

– L'appartement est juste au-dessus de la boulangerie. Il est petit mais il est très mignon, et en plus il est dans le centre du village, là où il y a les commerces. La maison a deux chambres à l'étage, une cour et un garage. C'est plus grand, donc forcément c'est plus cher.

J'ai demandé le prix des deux :

– Celui au-dessus de la boulangerie est à 320. L'autre à 480, donc un peu trop pour maman, je pense.

Ma mère a commenté :

– C'est dommage parce que la maison est vraiment pas mal, avec un petit jardin. Ça aurait été idéal pour mon chien…

Ma sœur s'est tournée vers elle et elle a froncé les sourcils.

– Mais avec ce que tu as d'argent, c'est pas raisonnable. Comment tu vas t'en sortir ?

Ma mère a haussé les épaules.

– Je sais bien, je disais juste ça comme ça…

J'ai proposé qu'on regarde les photos et les vidéos encore une fois, à tête reposée, et qu'on y réfléchisse ; une heure plus tard j'ai rappelé ma sœur ; j'avais attendu qu'elle soit seule pour éviter à ma mère l'impression de voir son destin décidé par d'autres devant elle à la troisième personne :

– Tu es sûre qu'on ne peut pas lui prendre la maison ? Elle serait tellement plus heureuse. Je crois qu'elle a assez souffert jusqu'à maintenant…

– Je suis d'accord, mais maman n'a pas d'argent…

– On pourrait lui en donner un peu régulièrement, toi et moi. Pour qu'elle puisse avoir la maison et un espace extérieur pour son chien. Avec les quelques aides qu'elle aura, elle s'en sortira, et peut-être qu'elle trouvera un petit travail…

Ma sœur a fait une moue pensive et désolée.

– Je ne peux vraiment pas, j'ai mes enfants à élever… Je pourrai faire des courses pour elle de temps en temps si elle s'installe ici, lui acheter de quoi manger quand elle en aura besoin mais je ne peux pas lui donner d'argent.

J'ai insisté :

– Même pas quarante ou cinquante euros ?

– Non, je ne peux pas…

J'ai réfléchi et j'ai fini par dire :

– Écoute, je m'en occupe.

*

Ce que ma mère avait vu comme une trahison était maintenant ce qui nous permettait, ensemble, de construire sa liberté.

Elle m'en avait voulu – comme ma sœur – d'avoir écrit un livre sur mon enfance et sur notre famille. Mais paradoxalement c'est parce que j'avais écrit ce livre, et ceux d'après, que j'avais gagné l'argent qu'on pouvait désormais dépenser pour elle.

Après l'échange avec ma sœur, j'ai repensé à Jamaica Kincaid et à son grand roman sur l'agonie de son frère. Kincaid y raconte que toute sa vie sa mère lui a reproché de faire des études et d'écrire des livres, mais que c'est pourtant parce qu'elle est devenue une auteure et que ce statut lui a donné accès à une existence plus privilégiée qu'elle a pu acheter un médicament difficile à obtenir pour son frère mourant.

Jamaica Kincaid écrit : « Si ma vie était demeurée sur le chemin où ma mère l'avait mise, le chemin de pas d'études universitaires, mon frère serait déjà mort. Je n'aurais pas été en mesure de lui sauver la vie, je n'aurais pas eu accès à un médicament qui prolongerait sa vie, je n'aurais pas eu accès à l'argent permettant d'acheter le médicament qui allait prolonger sa vie. »

C'était la même chose, la même situation qui se jouait avec ma mère : ce qu'elle avait vu comme une trahison était ce qui nous permettait d'affronter le présent. Ce qu'elle avait vécu comme une violence à son égard était aujourd'hui ce qui allait lui permettre de se libérer de la violence.

*

Je l'ai rappelée pour lui dire que j'en avais parlé avec ma sœur et que si elle en avait envie, elle pouvait prendre la petite maison avec le jardin, je l'aiderais.

Elle a hésité :

– Tu es sûr ? Tu n'es pas obligé…

J'ai répété :

– Je suis sûr. Maintenant je veux que tu sois heureuse.

*

Elle est rentrée à Paris après les visites. Ma sœur avait beaucoup de travail et elle ne voulait pas la déranger.

– Ça t'a amusée cette petite expédition ?

Elle a fait oui de la tête.

– Un peu plus fatigant que ce que je croyais, mais je suis heureuse.

– Et qu'est-ce que tu voudrais manger ce soir pour le dîner ?

Je lui posais la question parce que je m'apprêtais à commander son repas pour elle, comme je le faisais systématiquement depuis son évasion.

Elle a répondu, l'air joueur, comme une comtesse qui s'adresserait à un serviteur, avec le ton qu'elle employait pour m'amuser :

– Je ne sais pas, qu'est-ce que vous me proposez ce soir, mon cher ?

J'ai fait défiler les options sur mon écran, les plats aux couleurs vives mis en scène et photographiés sur fond neutre pour attirer l'attention des clients.

– Hum, ça dépend de ce qui te fait envie. De la cuisine libanaise ?

Je l'ai sentie enthousiasmée par cette idée.

– Ah oui tiens, j'ai jamais goûté.

Je lui ai demandé :

– Jamais ? Du houmous ? Des falafels ? Des haricots à la tomate ?

– Non jamais.

L'exclusion qui avait formé la matière de sa vie se jouait dans des détails si minuscules, si minuscules, je pensais en l'écoutant : à plus de cinquante ans elle n'a encore jamais expérimenté certaines saveurs, jamais éprouvé certaines sensations gustatives, comme une forme de dépossession culinaire et sensorielle. Quand on pense à la dépossession, à la pauvreté, on pense à la difficulté à s'acheter des vêtements ou à payer des factures, mais on ne pense pas à ces choses-là, les saveurs, les odeurs, les sensations jamais connues.

J'ai lu à ma mère l'un après l'autre les noms des plats disponibles et les descriptions qui les accompagnaient. Elle hésitait, elle changeait d'avis, je lui donnais des conseils.

Quand j'ai validé ses choix elle a étiré les bras vers le plafond :

– Je suis contente d'essayer des nouvelles choses.

Pendant ces quelques jours, même une action aussi triviale et aussi banale qu'une commande de repas en ligne devenait une revanche.

*

Je lui avais dit aussi pour plaisanter :

– Quand tu auras la maison surtout tu ne laisses pas un homme s'installer chez toi. Les hommes c'est fini. Maintenant quand tu en veux un on te paye un professionnel pour une nuit mais plus d'engagement.

Elle avait ricané devant la caméra :

– Alors je veux un Brésilien, avec des grandes épaules grandes comme ça – et elle avait écarté ses mains d'une manière exagérée. Ou alors un Suédois, avec des beaux yeux bleus.

*

Cinq jours encore et j'allais pouvoir rentrer de Grèce. Je venais de confirmer le choix de la maison au notaire, qui était lui-même en lien avec le propriétaire et qui l'avait prévenu aussitôt. Le propriétaire était d'accord pour que ma mère emménage une semaine plus tard.

Je lui ai annoncé :

– Dans une semaine tu auras ta maison !

J'avais discuté assez longtemps de toutes les conditions pratiques avec lui, le notaire, il acceptait que je paye les quatre premiers mois de loyer en plus de la caution. Ma mère n'aurait pas à s'inquiéter de la lenteur de l'administration, comme ça aurait été le cas si elle avait demandé des aides financières pour le déménagement.

Elle n'aurait pas à se préoccuper de la question de l'argent ; elle pourrait s'épargner cette angoisse et se focaliser sur ses envies, sur elle-même.

Je lui ai demandé de combien elle avait besoin pour vivre pendant les premiers mois. Elle a réfléchi, elle évaluait ses dépenses quotidiennes, je l'écoutais, elle me disait, *Je ne sais pas combien ça va me coûter les courses pour moi toute seule j'ai pas l'habitude, ça va me faire tout drôle d'en faire seulement pour moi, j'ai passé toute ma vie à faire des courses pour une famille ou pour des hommes qui étaient tous des gros mangeurs, je ne sais pas, je réfléchis,* et tandis qu'elle parlait je pensais : *Pour la première fois elle peut dire Je et non plus Nous au moment de planifier son futur.*

*

Je pourrais aussi le formuler comme ça : c'est parce que j'avais souffert dans mon enfance que j'avais écrit des livres qui avaient engendré des conflits avec ma famille mais qui paradoxalement me permettaient d'aider ma mère dans sa fuite et sa réinvention.

Je pourrais dire :

Pas de souffrance dans mon enfance = pas de livres publiés = pas d'argent = pas de liberté possible.

Je pourrais dire que la souffrance et la liberté sont les deux moments d'un même processus, les deux mouvements d'une même partition.

Je pourrais dire enfin que je n'ai jamais connu de liberté qui ne soit en même temps un arrachement à la violence, et donc, qui n'en soit également, et d'une certaine manière, le prolongement.

*

L'angoisse et l'argent. Je les avais toujours vus associés dans la vie de ma mère.

Quand j'étais enfant et qu'elle avait toujours peur qu'un huissier de justice vienne nous prendre les meubles pour rembourser nos dettes, les loyers impayés, les factures d'électricité accumulées dans la boîte aux lettres.

Sa phrase qui revenait sans cesse,

prononcée dans la lumière de la maison tamisée par les flammes du poêle à bois,

prononcée dans le froid et le brouillard du Nord,

sa phrase métamorphosée, cristallisée sous la forme d'un nuage échappé d'entre ses lèvres : *On va nous prendre les meubles, on va nous prendre les meubles*.

(Ça n'est jamais arrivé, mais ça n'arrêtait jamais d'*arriver,* au sens d'arriver vers nous, de s'approcher, au loin ou de près, jamais là mais toujours là, sans cesse dans la menace d'advenir.)

Quand elle était anxieuse parce que ses enfants – parce que Je – partaient à l'école avec des chaussures trouées et qu'elle n'avait pas les moyens d'en acheter de nouvelles.

Quand elle disait : La honte qu'on va encore se taper, qu'est-ce que les gens vont dire de mes gosses.

Quand des crises éclataient entre elle et moi parce que j'avais faim au retour de l'école et qu'elle m'ordonnait d'arrêter de prendre de la nourriture dans le réfrigérateur, qu'elle criait, qu'elle se tendait,

Arrête de tout bouffer comme ça bordel !

et que je le vivais comme une attaque personnelle, comme un acte de méchanceté dirigé contre moi, un complot contre mon estomac, que je ne voyais pas que c'était parce que si je mangeais les quelques restes de nourriture, il n'y aurait plus rien pour le repas du soir ou du lendemain, rien au sens de rien, de l'absence totale, du néant, ce rien que dans les classes privilégiées on ne peut pas comprendre, parce que quand eux disent qu'il ne leur reste plus rien, il leur reste toujours quelque chose,

il leur reste des diplômes,

il leur reste la culture,

il leur reste quelques pièces,

il leur reste des relations pour les aider,

il leur reste la volonté que confèrent les privilèges,

j'ai vu des bourgeois dire *Je n'ai plus d'argent* au restaurant et payer une addition quelques minutes plus tard, je le jure, ils ne connaissent pas le sens du mot RIEN, du PAS ou du PLUS, du mot NÉANT, quand donc ma mère savait que si je mangeais au retour de l'école, elle ne pourrait pas nourrir le reste de la famille, mais que cette chose-là, moi, je n'étais pas capable de la voir ou de la comprendre, il m'a fallu plus de vingt ans pour comprendre, et je suis désolé, je suis désolé.

Quand elle m'épiait à la sortie des toilettes et qu'elle hurlait :

Mais arrête d'utiliser autant de papier toilette ! C'est deux feuilles à chaque fois, pas besoin de plus !

et que je me sentais persécuté.

Quand elle me criait à travers la porte de la salle de bains :

Arrête de te doucher aussi longtemps !

et que je me sentais persécuté, et que je ne voyais pas que c'était à cause de l'angoisse de l'argent, et que je répondais *Mais on n'a même pas le droit de se laver dans cette famille de merde*, et que je la détestais.

(Je lui ai parlé de cette angoisse il y a quelques jours au téléphone et elle m'a dit : *C'était pire que ce que tu croyais. J'en parlais avec ton père le soir dans la chambre, dans le noir, je lui disais : Mais comment on va faire ? Comment on va faire pour manger ? Pour s'en sortir ? On se disputait à cause de ça lui et moi, mais je vous le cachais, on tracasse pas des enfants avec ça.*

Qu'est-ce qui s'était passé dans les premières années de ma vie et que je n'avais pas su voir ? Combien d'années faut-il pour commencer à apercevoir la réalité de son enfance ?)

*

Didier me demandait des nouvelles de ma mère par messages. Je le tenais au courant de toutes les étapes, de tous les questionnements et de toutes les avancées, des difficultés aussi : la maison impossible à trouver, l'aide de ma sœur et notre coopération improbable après des années de silence, les visites, l'argent.

Je disais à ma mère : « Aujourd'hui j'ai raconté à mon ami ce que tu as fait », et elle répondait, étonnée et flattée : « C'est vrai ? Il pose des questions sur moi ? »

Didier me parlait de sa mère à lui, qui était morte deux ans plus tôt. Elle avait rencontré son père très jeune, à vingt ans. Il s'étaient installés ensemble, lui travaillait à l'usine et elle comme femme de ménage, ils avaient eu des enfants, c'était elle qui s'en occupait, elle qui cuisinait, elle qui prenait tout en charge à la maison. Sa mère était née presque quarante ans avant la mienne, c'est-à-dire presque deux générations avant et pourtant sa vie avait ressemblé presque point par point à ce qu'avait été la vie de ma mère pendant des décennies.

Elle aussi avait essayé d'échapper à son destin, en commençant des cours de dactylographie ; elle avait dû y renoncer faute de temps et faute de moyens. Didier me racontait qu'elle avait entamé une procédure de divorce plus tard, mais qu'elle avait fait marche arrière. Elle détestait son mari, elle ne supportait plus ses colères, ses crises de jalousie, elle aurait voulu s'enfuir mais elle n'avait jamais pu le faire.

La mère de Didier avait vécu pendant des années une vie qu'elle ne voulait pas vivre, dans un espace duquel elle ne pouvait pas s'échapper : son existence avait été, en grande partie, une *existence carcérale*.

En écoutant Didier je me demandais : est-ce que sa mère serait partie si elle n'avait pas été femme de ménage ? Si elle n'avait pas été aussi pauvre ? Est-ce que la contrainte économique suffit à éclairer, pour elle ou pour d'autres, et au moins partiellement, l'impossibilité de l'évasion ?

Didier a écrit à propos de sa mère, dans le livre qu'il a consacré à sa vie et à sa mort :

« Comment avait-elle réussi à s'auto-convaincre de ne pas essayer de changer de vie ? Ou, plutôt, comment l'ampleur des problèmes de tous ordres à affronter pour réussir à vivre seule ou la résignation devant ce qui lui apparaissait comme son triste destin avaient-elles fini par la convaincre de ne pas entreprendre de fuir cette situation par tous les moyens ? Ma mère, qui était à l'époque femme de ménage, avait reculé devant les difficultés qui l'attendaient si elle décidait de s'installer ailleurs : comment se débrouiller seule, avec deux enfants (nous avions moins de dix ans). Tout laisser derrière elle, trouver un appartement, gagner suffisamment d'argent chaque mois pour payer le loyer et subvenir à nos besoins. "Comment j'aurais fait ?" m'a-t-elle répété lors de cette conversation, comme pour se persuader qu'elle n'avait pas à regretter sa décision de l'époque, même si elle ne pouvait visiblement s'empêcher de songer à ce qu'aurait été sa vie si elle était allée au bout de ses démarches. »

En lisant ces lignes je m'interrogeais : dans quelle mesure est-ce que l'argent aurait pu permettre à la mère de Didier de s'évader ?

Il existe évidemment d'autres facteurs qui rendent la fuite impossible ou impensable, l'habitude, la peur d'une réaction violente, mais justement, est-ce que l'argent pourrait suffire à donner suffisamment d'assurance pour permettre de surmonter ces facteurs de paralysie et de renoncement ?

Est-ce qu'il serait possible d'établir quelque chose comme un prix de la liberté, un prix quantifiable rationnellement, mathématiquement ?

Est-ce qu'une fois ce prix fixé et rendu accessible au plus grand nombre, de nouvelles évasions surgiraient, se multiplieraient à l'infini ?

Pour le dire plus explicitement et donc plus brutalement : combien de personnes, combien de femmes changeraient de vie si elles obtenaient un chèque ?

*

Et je pensais : Ces questions ne se poseraient pas si l'argent, si les inégalités n'existaient pas. Ce sont ces problèmes plus généraux qu'il faudrait affronter, qu'il faudrait peut-être abolir. Mais je dois d'abord sauver ma mère.

Et je pensais à la phrase du philosophe Georg Simmel : « L'assistance se fonde sur la structure sociale, quelle qu'elle soit ; elle est en contradiction totale avec toute aspiration socialiste ou communiste, qui abolirait une telle structure sociale. »

Et je pensais : Mais la catégorie d'assistance suppose la croyance dans l'idée de la propriété. On ne peut penser qu'on assiste quelqu'un que si l'on considère que ce que l'on donne est à soi et à soi seul.

Or je n'assistais pas ma mère, puisque je considérais que ce qui était à moi était aussi à elle, puisque je considère qu'il existe un flux, une continuité dans nos destins.

Et je pensais : Arrête de réfléchir ! Il faut agir d'abord, réfléchir après.
Sans ça il n'y aurait jamais d'évasion.
Nulle part.

*

Huit ans avant sa fuite. Je suis au sous-sol d'une librairie parisienne, placé sur un podium légèrement en hauteur, assis devant un public d'inconnus venus m'écouter, des étudiants, des femmes – je ne reconnais personne.

Je parle de mon premier roman, celui pour lequel ma sœur m'a insulté, celui à cause duquel elle – ma mère – est en colère.

J'évoque la dureté de mes parents pendant les premières années de ma vie, il me semble que je dis : *Mon père était violent avec ma mère et elle était violente avec nous, comme si elle devait extérioriser sur d'autres le poids de ce qu'elle subissait*, il me semble que je dis : *Souffrir ne rend pas meilleur, au contraire*, je me souviens avec certitude que je parle du racisme, de la haine de l'homosexualité, et tout à coup une silhouette se dresse au milieu du public : c'est elle, ma mère.

Je ne l'avais pas aperçue. Elle ne vivait pas encore à Paris, c'était une année avant son arrivée, je n'aurais jamais imaginé qu'elle puisse être là. J'avais répondu pendant plus d'une heure aux questions d'un journaliste, j'avais parlé d'elle et elle avait tout écouté.

Le journaliste s'était tourné vers la salle. Il avait demandé : « Est-ce que quelqu'un a une question pour l'auteur ? », et c'est à ce moment-là qu'elle s'était levée.

Elle avait attendu, patiemment, et maintenant elle était face à moi, à dix, peut-être quinze mètres, elle me fixait avec une expression de revanche et de reproche, sa main levée exagérément, tendue, pour montrer qu'elle voulait prendre la parole.

Mes tempes s'étaient mises à palpiter, mes joues à brûler – *Comment réagir ?*

Je me suis levé, je suis sorti de la salle et je me suis réfugié dans une réserve cachée au fond de la librairie. Je n'avais rien trouvé de mieux pour échapper à ma mère : j'avais couru.

Une des organisatrices de la rencontre m'avait rejoint.

– Mais pourquoi est-ce que vous avez quitté la salle ?

– C'est ma mère. C'est elle qui est là.

Elle avait relevé un sourcil et contracté l'autre : « Ah… » Puis : « Je vois, je crois que j'avais compris. Ne vous inquiétez pas, je reviens. » Deux minutes plus tard, elle était de retour et elle me disait que ma mère attendait dans un bureau, je pouvais retourner dans la salle pour finir la rencontre avec le public et décider de la voir ensuite ou pas. Elle avait accepté de m'attendre mais il existait une sortie de secours par laquelle je pouvais m'échapper si je préférais éviter la confrontation.

J'ai remercié cette femme – je n'ai jamais oublié sa tendresse, sa discrétion –, je suis remonté sur le podium, j'ai répondu aux dernières questions du journaliste et de la salle, puis je me suis dirigé vers le bureau où ma mère était assise.

J'avais décidé de lui parler.

En me voyant entrer, elle m'a lancé un regard de rage.

– Pourquoi tu as fait ça ? Pourquoi tu as écrit un livre pour dire qu'on était violents ?

– Ce n'est pas vrai ? Papa ne disait pas qu'il fallait tuer les pédés ?

– Il disait ça pour rire…

– Pour rire ? Et vous n'avez jamais pensé qu'il y a des gens à qui ça pouvait faire du mal ?

Elle a changé de sujet :

– Et pourquoi tu as dit qu'on était pauvres ? Vous avez manqué de rien.

– Maman, on était pauvres.

– J'ai jamais négligé mes enfants.

– Ce n'est pas la même chose.

– J'ai toujours protégé mes enfants.

– C'est faux.

Elle a haussé les épaules.

*

Elle allait donc pouvoir déménager moins d'une semaine plus tard. Elle avait besoin de meubles pour la maison. Elle s'était aperçue quand elle l'avait visitée qu'elle n'était aménagée qu'à moitié, « semi-meublée » disait le contrat de location que le notaire m'avait fait parvenir par mail et sur lequel j'avais imité sa signature (*encore la même scène ; je l'avais appelée :*

– Le notaire m'a envoyé le bail, il faut que tu le signes et que tu le renvoies.

Et elle :

– Tu peux t'en occuper ? Tu sais imiter ma signature tu as passé tout le collège à t'entraîner pour faire des faux mots d'absence et sécher les cours. Si tu crois que je m'en rendais pas compte espèce de bourrique.

J'avais ri. Ces jours pleins d'évasion étaient aussi des jours pleins de rires, il faut le savoir).

Des meubles : en parlant avec elle au téléphone je me disais que bientôt sa fuite ne serait plus seulement un mot, elle serait une réalité qu'on pourrait effleurer du bout des doigts, une forme solide qu'on pourrait éprouver sous nos phalanges ; elle deviendrait palpable.

Je lui ai demandé :

– Qu'est-ce qu'il te faudrait à ton avis ? De quoi tu as besoin ? On pourrait voir ça ensemble.

Elle a hésité :

– Je voudrais récupérer ma chambre à coucher et ma table de cuisine chez l'Autre. C'est des meubles qui viennent de ma mère, je ne veux pas lui donner.

Il va faire la guerre pour les garder après autant d'années dans son appartement mais je me laisserai pas faire.

J'ai senti une légère grimace se former sur mon visage :

– Tu es sûre que tu veux t'engager là-dedans ? C'est peut-être mieux de ne pas se lancer dans un conflit, surtout pour des meubles.

– Non, c'est les meubles de ma mère, c'est sentimental. Je les veux. Je lui laisse pas.

J'ai essayé de trouver un argument auquel elle serait sensible, un langage pour l'atteindre – j'avais peur qu'un conflit ne la mette en danger, on ne savait pas comment cet homme réagirait quand il la reverrait, il lui laissait des messages parfois agressifs depuis son départ, elle me l'avait dit, je pensais que vider son appartement en plus ne serait pas la meilleure stratégie pour le calmer ; d'une manière générale, pendant cette période, j'avais plus peur qu'elle.

– Mais le souvenir de ta mère est plus important que des objets, je suis sûr qu'elle aurait été d'accord avec moi. Elle t'aurait dit de penser à toi et pas à des clous et à des planches de bois.

Je prenais une voix suppliante, j'insistais sur sa mère, pourtant je le voyais, c'était comme lorsque j'avais voulu la convaincre de partir sans ses papiers et ses ordonnances la nuit de sa fuite, aucun de mes arguments ne pouvait la faire changer d'avis.

– C'est les meubles de ma mère, s'il croit qu'il va pouvoir les garder il rêve. Je m'en occupe de toute façon.

– Mais maman…

– T'inquiète je sais ce que je fais.

J'ai compris que je devais renoncer.

– Bon… Mais alors qu'est-ce qu'il te faudrait pour que tu sois bien dans ta nouvelle maison ?

Elle a dressé une liste : des chaises, un réfrigérateur, une gazinière avec four intégré, une machine à laver pour le linge. Et puis un aspirateur. Avec ce qu'elle comptait récupérer chez l'*Autre* – c'est le surnom qu'elle donnait à l'homme avec qui elle avait habité – et un canapé que ma sœur lui avait promis, elle aurait tout pour son installation.

– En plus ta sœur m'a dit qu'elle m'achèterait les petits trucs du quotidien, les torchons, les couverts. Elle m'a même acheté un vase cet après-midi elle m'a envoyé la photo.

J'ai eu une idée en l'écoutant :

– Et si on passait la commande des meubles qu'il te faut tout de suite ? Pourquoi attendre ?

Elle avait des scrupules :

– Je veux pas en demander trop…

J'ai souri :

– Tu demandes pas puisque c'est moi qui propose.

Elle a fermé les yeux, comme pour réfléchir, puis elle a chuchoté : *C'est parti.*

Je me suis connecté à un site de vente en ligne et j'ai vu que certains équipements dont elle avait besoin pouvaient être livrés dès le surlendemain, peut-être qu'on pourrait donner l'adresse de ma sœur, elle pourrait réceptionner les premiers colis, les stocker chez elle ou dans son garage et les apporter à ma mère le jour de l'emménagement.

– C'est pas bête. J'appelle ta sœur.

Elle a raccroché, parlé à ma sœur qui lui a dit qu'elle était d'accord, et elle m'a rappelé.

Je lui ai envoyé les images des appareils électroménagers, des chaises. J'effectuais des captures d'écran que je partageais avec elle la seconde d'après, elle interrompait la vidéo pour regarder les images à peine reçues, la veille je lui avais montré comment le faire, et elle me disait, *Oui, Non, Plutôt celui-là, C'est une bonne idée, Non*. Je validais, je cherchais encore, je mettais dans le panier virtuel des achats ce qui lui plaisait, j'écartais ce qu'elle ne voulait pas. Les questions qu'on se posait étaient tellement pratiques et triviales, est-ce qu'elle préférait le gaz ou l'électricité pour faire la cuisine, est-ce qu'il lui fallait un congélateur et si oui, combien de compartiments, et pourtant, évoquer ces détails minuscules me bouleversait, parce qu'ils étaient la manifestation la plus concrète de sa liberté à venir, parce que la liberté est aussi une affaire de détails.

Ma mère était dans un état d'excitation particulier, elle parlait fort, elle faisait des blagues : « On va prendre une gazinière pas trop grande comme ça j'aurai une excuse pour plus jamais préparer à manger pour les autres », « S'ils livrent une femme de ménage avec tout ça j'en veux bien une » !

Elle évoquait des souvenirs, le présent de son évasion donnait un sens nouveau au passé : « Il me faut une gazinière qui fait des bonnes flammes, il n'y a qu'avec ça que je peux faire du ragoût de pauvre.

Tu te rappelles du ragoût de pauvre ? Je mettais des pommes de terre et tout ce qui restait dans le frigo, tous les vieux trucs qui traînaient et je criais : Ce soir c'est ragoût de pauvre ! »

Nous avons continué sur ce même élan à comparer les appareils électroménagers, à lire les avis sur les sites Internet spécialisés, à vérifier les différences de prix entre les magasins, et après un peu plus d'une heure la commande était terminée, validée.

Tout serait livré deux jours plus tard, trois au maximum.

Quand j'étais petit, mon jeu vidéo préféré consistait à construire entièrement la vie d'une personne imaginaire. Chaque partie commençait de la même façon : un homme ou une femme sous la forme d'un minuscule personnage était jeté dans un terrain vague recouvert de pelouse, avec une petite somme d'argent, ses vêtements et une boîte aux lettres. À partir de là, l'objectif du jeu était de lui fabriquer une vie : lui trouver un travail, ériger une maison et y poser du carrelage ou du parquet, acheter des meubles, des plantes.

Ensemble, ce jour-là, devant les captures d'écran de réfrigérateurs et de machines à laver, on construisait une vie pour ma mère. Comme dans un jeu vidéo, une réalité sans limitation. Comme si tout avait été possible.

*

Dans le bureau de la librairie où j'avais eu une explication avec elle, nous avons échangé quelques phrases encore et nous sommes repartis chacun de notre côté. Je l'ai progressivement revue ensuite, et sa colère s'est apaisée, mais je n'ai jamais oublié son regard au moment où elle s'était levée dans le public, son regard c'est-à-dire sa rage et sa tristesse.

*

– C'est bon, je peux enfin rentrer d'Athènes après-demain.

C'était quarante-huit heures après la commande des appareils électroménagers sur Internet. Elle a souri :

– Je vais te revoir et te serrer dans mes bras !

Il ne restait que quelques questions à régler. Je lui ai transféré sur son compte la somme qu'on avait arrêtée à deux pour qu'elle puisse être autonome pendant les premiers mois de sa nouvelle vie ; j'ai appelé la banque pour assurer sa maison contre le vol et les incendies ; la banquière me demandait à combien j'évaluais le mobilier qui y serait installé ; je posais la question à ma mère, je rappelais la banque ; j'ai téléphoné à une société de location de camions pour le déménagement, ma mère pensait qu'il fallait un camion pour aller récupérer ses affaires chez l'Autre, ses vêtements, ses cadres, les meubles qu'elle pensait pouvoir lui reprendre – et à chaque nouvelle étape, de nouveaux problèmes se posaient : quel type de camion est-ce qu'il fallait ? Et de quelle taille ? À quoi correspond un mètre cube, à combien de cartons ? Est-ce que certains camions nécessitent un permis spécial ? Je n'ai jamais conduit, jamais tenté d'obtenir un permis, je n'en avais aucune idée. J'ai rappelé ma sœur pour obtenir de l'aide et des conseils ; je voulais savoir aussi si elle acceptait de récupérer le camion avec son mari, j'avais vu qu'il était possible de le louer dans un entrepôt près de chez elle, elle pourrait conduire jusqu'à Paris, prendre ma mère, puis remonter dans le Nord avec elle ; elle était d'accord ; j'avais besoin d'une copie de son permis de conduire pour le transmettre à la société qui louait les véhicules, comme garantie ; j'ai appelé un ami et je lui ai demandé de nous rejoindre le jour du déménagement pour nous aider, ma sœur, son mari et moi, à porter les cartons ; j'ai acheté à distance, par téléphone, les cartons en question et j'ai proposé à ma mère d'aller les chercher à la boutique – combien est-ce qu'il en fallait, dix, vingt ? Et combien de rouleaux de scotch ? Est-ce qu'il fallait des gants pour se protéger des coupures du carton ?

Enfin j'ai imprimé un formulaire de dissolution de Pacs, à la demande de ma mère, afin qu'elle puisse rompre son pacte d'union civile avec l'homme chez qui elle avait habité, et j'ai appelé un notaire à Paris pour qu'il nous explique ce qui se passerait dans le cas de figure où cet homme chez qui elle avait habité, non pas vécu mais habité, refuserait de signer l'acte de dissolution.

Il n'y avait plus qu'une chose à faire : qu'elle l'appelle, lui, *l'Autre*, pour le prévenir que c'était fini, elle reprenait ses affaires et elle partait. Elle quittait son appartement et elle le quittait.

Elle ne lui avait encore rien dit, il ne savait pas que pendant ces jours de disparition elle avait échafaudé une rupture, en secret : il pensait qu'elle avait simplement pris ses distances, quelques jours, quelques semaines, mais qu'elle allait revenir. Elle l'a appelé, et elle m'a rappelé une heure plus tard.

Je n'avais été capable de rien en attendant son appel, j'avais marché pour ne plus penser.

– Allô ?

– Allô ?

C'était fait. Elle m'a raconté que l'annonce avait été un choc.

– Il en revenait pas, il a même pas réussi à s'énerver tellement il en était retourné. Il a pleuré au téléphone.

La vérité, c'est qu'elle ne le plaignait pas. Elle était heureuse de l'avoir ébranlé.

– Il a vraiment cru qu'il pourrait me faire tout ce qu'il voulait et que j'allais rester soumise à lui ? Pour qui il me prend ?

Je l'ai félicitée :

– Tu m'impressionnes, tu es forte…

Elle était flattée et j'étais heureux qu'elle le soit.

Elle avait une bonne nouvelle de plus : il était d'accord pour qu'elle récupère la table, l'armoire et le lit de sa mère, contrairement à ce qu'elle avait imaginé, et surtout à ce que j'avais imaginé, il n'avait opposé aucune résistance à ce sujet – ni à aucun autre d'ailleurs, la surprise de la séparation l'avait assommé.

Je l'ai laissée terminer et j'ai dit :

– Donc je propose qu'on fasse le déménagement dans quatre jours, je serai rentré et tout le monde sera disponible ce jour-là, j'ai vérifié. Est-ce que c'est bon pour toi ?

Elle a acquiescé :

– Oui.

– Tu pourras faire tes cartons sur place le jour même pendant qu'on chargera tes meubles dans le camion. Je t'aiderai.

Elle m'a interrompu :

– Non j'irai avant. J'irai la veille pour tout bien préparer, je veux pas faire de bêtises.

– Mais tu n'as pas énormément de choses là-bas, si ? Des vêtements et des cadres ? En deux heures ce sera fait, surtout si on est plusieurs.

Je n'aimais pas l'idée qu'elle se retrouve seule avec l'Autre, surtout après lui avoir annoncé la rupture, mais elle était sûre d'elle, il n'y avait aucun danger.

– Maintenant que je suis certaine que je vais partir il peut me dire tout ce qu'il veut, ça m'atteindra pas.

Je lui ai quand même tenu tête, un peu.

– Il ne va pas essayer de te retenir ? Et s'il est ivre encore ?

– Je saurai m'y prendre.

– Et s'il essaye de t'enfermer ? Je sais pas, tout est possible.

– Je suis plus forte que lui.

J'ai soupiré. J'espérais qu'elle avait raison.

– La bonne nouvelle c'est que tu pourras t'installer dans la maison le soir même du déménagement. Une partie des meubles qu'on a commandés sera déjà chez Clara, elle les déplacera chez toi tout de suite en arrivant, et l'autre partie sera livrée la semaine d'après. Ce qui veut dire que dans quatre jours tu auras ta maison. À toi. Et quelques jours plus tard tu auras tout ce qu'il te faut.

Elle a inspiré de l'air par les narines, une inspiration lente et apaisée :

– J'ai hâte.

*

Est-ce que je ressentais le besoin de l'aider parce que je l'avais blessée quelques années plus tôt et que je tentais maintenant de réparer cette blessure ? Je ne le crois pas puisqu'elle aussi m'avait blessé et que je n'éprouve aucun regret pour ce que j'ai dit dans cette librairie où elle était venue par surprise, puisque ma blessure et la sienne sont liées, puisqu'elles sont jumelles, sans séparation, sans frontière, je ne regrette rien puisque ce qui l'avait blessée, c'était que j'exprime ma blessure à moi, je ne peux pas regretter puisque sans cette Blessure commune, cette Blessure qui n'est ni à elle ni à moi mais qui est entièrement à nous deux, rien de tout ce qui se passait, entre Paris et Athènes, à distance, par téléphone et écran interposés, n'aurait été possible.

Ce que je sais, c'est que tout faire pour l'aider s'imposait à moi comme un impératif, et que cet impératif me poussait *au bord des larmes*.

*

Le livre de Virginia Woolf, *Une chambre à soi*, prend pour point de départ une série de conférences sur le thème des femmes et de la littérature, prononcées par l'auteure en 1928.

La puissance et l'originalité du livre de Woolf viennent du fait qu'elle refuse dans un premier temps de saisir ces deux thèmes sous leurs angles les plus attendus : les femmes-écrivaines célèbres, leur style, le rôle des femmes dans les institutions littéraires ou les révolutions formelles qu'elles ont accomplies.

Woolf écrit : « Quand vous m'avez demandé de parler des femmes et de la littérature, je me suis assise au bord d'une rivière et j'ai commencé par me demander ce que ces mots signifiaient. Ils pouvaient simplement se résumer à quelques remarques sur Fanny Burney, à quelques autres sur Jane Austen, à un hommage aux sœurs Brontë avec une esquisse du presbytère de Haworth sous la neige, à quelques traits d'esprit, si possible, sur Miss Mitford, à une allusion respectueuse à George Eliot, ainsi qu'à une référence à Mrs Gaskell. Dès lors, le tour était joué. »

Mais à la place, Woolf fait une proposition beaucoup plus radicale : elle élabore un programme pratique grâce auquel les femmes auraient la possibilité d'écrire des livres, contre les limitations qui leur sont imposées par leur place dans la société, les tâches domestiques, l'enfermement, la maternité, le mariage. Woolf substitue à des questions formelles une question matérielle et elle affirme que pour écrire, une femme a besoin avant tout de deux choses :

– une chambre à soi qu'elle peut verrouiller à clé afin de pouvoir écrire dans le calme sans être dérangée par les membres de sa famille ;

– 500 £ de rente pour lui permettre de vivre sans l'angoisse de l'argent.

Virginia Woolf répond à une question littéraire par des préoccupations financières et matérielles.

Une chambre, un espace, des murs, une clé, de l'argent : c'est aussi, cent ans plus tard, ce qu'il fallait à ma mère, non pas pour devenir une écrivaine, mais pour devenir une femme plus libre et plus heureuse.

Woolf avait compris, cent ans plus tôt, que la liberté n'est pas d'abord un enjeu esthétique et symbolique, mais un enjeu matériel et pratique. Que la liberté a un prix.

*

Quand j'ai entrepris l'écriture de ce livre, mon projet consistait à marquer dans les marges du récit de la fuite de ma mère les sommes d'argent qui avaient été nécessaires à son évasion. Je voulais provoquer la littérature. Je voulais que ce roman ressemble dans sa forme et son apparence à un document aussi commun qu'une facture, c'est-à-dire à l'envers de ce que prétend souvent être une œuvre littéraire : un acte noble, pur et désintéressé.

Je voulais, comme Virginia Woolf et ses cinq cents livres de rente, établir une somme concrète qui refléterait le coût d'une vie et de sa possibilité.

J'avais, pour réaliser cette idée, inscrit dans les marges de la narration : *Somme avancée par Didier : 200 euros, Réfrigérateur : 500 euros, Gazinière : 300 euros, Taxi pour la fuite : 15 euros, Caution pour la maison : 1 100 euros, Virement pour les premiers mois de la Nouvelle Vie : 2 000 euros, etc.*

Tout comme j'avais tenté dans *Qui a tué mon père* de faire entrer en littérature les noms des hommes et femmes politiques et des réformes successives qui ont affecté le corps de mon père, je tentais dans ce livre de faire entrer l'argent au sens le plus restreint et explicite.

Et puis je me suis arrêté. Étrangement, ces chiffres rendaient le livre laid et illisible. Surtout, ils donnaient l'impression bizarre que je reprochais ces sommes à ma mère.

Ils brouillaient la lecture.

Est-ce que la littérature peut tout dire ?

Si oui, alors j'ai échoué.

Si non, alors la littérature ne suffit pas.

*

Une dernière remarque : l'histoire que je raconte n'est pas un *éloge de la fuite*. Je vous vois déjà venir : Que la fuite est belle ! Quelle femme courageuse !

Mais vous vous trompez.

Car ce n'est pas suffisant.

En lisant cette histoire vous devez aussi vous dire : Pourquoi certains fuient, quand d'autres n'ont pas à fuir ?

Pourquoi certains doivent toujours courir, quand d'autres peuvent dormir ?

Pourquoi certains doivent toujours lutter, quand d'autres peuvent profiter ?

Vous devez aussi vous dire :

Combien de désillusions pour chaque évasion ?

Combien de vies sacrifiées pour chaque vie sauvée ?

Car la fuite est un fardeau
Car la fuite est un fardeau
Et beaucoup plus tard
peut-être
elle génère le Beau.

*

Je suis rentré à Paris. L'avion s'est posé en fin d'après-midi et j'ai couru dans les couloirs de l'aéroport jusqu'à la gare. J'accélérais malgré le poids de la valise dans ma main, je transpirais.

Je suis monté dans le RER et j'ai attendu le départ : au bout de ce trajet, j'allais revoir ma mère, physiquement, pour la première fois depuis sa fuite.

Une heure plus tard j'étais face à la porte de mon appartement. J'ai compté jusqu'à trois, *un, deux, trois,* et j'ai sonné.

Ma mère a ouvert. En la voyant apparaître entourée par les bibliothèques et tous les objets avec lesquels je vis chez moi, j'ai essayé de cacher mon émotion ; la redécouvrir aussi réelle après des jours à l'observer sur l'écran de mon téléphone était si incroyable, mon cerveau ne parvenait pas à s'adapter à cette nouvelle situation et il recréait en imagination l'écran entre elle et moi. J'ai touché ses mains pour m'assurer qu'elle n'était pas qu'une vision ou un fantôme. J'entendais dans mes oreilles mon souffle précipité par ma course.

Je lui ai demandé :

– Ça va ?

Et elle a répondu :

– Oui, oui, ça va.

Je me suis souvenu que c'était la question que je lui avais posée immédiatement après qu'elle avait réussi à fuir. Je me suis souvenu que quand elle avait répondu, à ce moment-là, l'épuisement recouvrait entièrement sa voix, ses mots, ses silences.

Maintenant elle parlait d'une façon à la fois légère et déterminée.

Je pensais : *Elle est passée de l'autre côté.*

Je me suis mis à pleurer et elle s'est moquée de moi, tendrement :

– Comme d'habitude moi je ris et toi tu pleures !

J'ai posé ma valise sur le sol et en me redressant j'ai vu qu'elle s'était maquillée et coiffée pour nos retrouvailles ; quand elle avait chassé mon père de la maison dans laquelle j'avais grandi avec eux, quelques années plus tôt, c'était la première chose qu'elle avait faite : se maquiller, je sais que je l'ai déjà dit mais je veux le redire.

Ce jour de nos retrouvailles, dans mon appartement ramassé sur lui-même, sous les toits, encerclé par le ciel, je lui ai fait remarquer qu'elle était belle ; elle a chuchoté *merci*. Elle a rougi et pour masquer son embarras elle m'a montré son petit chien qui faisait des cercles autour de nous :

– C'est Pocket ! Il est beau aussi mon bébé, non ? Il avait hâte de te revoir il me l'a dit !

Je me suis agenouillé pour le caresser.

Ma mère m'a montré la table basse derrière nous : elle avait disposé dessus deux petits verres et une brique de jus de fruit, des biscuits. Je me suis assis dans le fauteuil en face d'elle :

– Tu es prête pour le déménagement demain ?

– Oui, j'ai été chez l'Autre ce matin, mes cartons sont prêts, tout est bien plié et rangé. Ça m'a pris trois heures à peine. Je suis contente.

– Il s'est comporté comment avec toi ?

– Il a pas bronché. Il était comme un zombie qui me regardait faire. Il me demandait même si j'avais besoin d'aide pour scotcher les cartons. Tu l'aurais vu avec sa voix de petit malheureux ! Il me disait : Attends je vais t'aider Monique.

J'ai voulu être rassuré une dernière fois :

– Mais tu es sûre qu'il ne va rien se passer demain ? Je veux dire, il ne va pas se mettre en colère ou essayer de te faire changer d'avis au dernier moment ? Peut-être qu'en voyant le camion il va avoir un déclic et perdre la tête ?

Elle a fait une moue de certitude en contractant les lèvres et en les poussant vers l'avant :

– Non, tu verras. Quand il n'a pas bu il ne dit rien. Et quand il y a des inconnus dans les parages, il fait carrément son gentil, il veut se faire apprécier. Comme faisait ton père.

Moi non plus je n'avais jamais compris ce mystère : pourquoi, dans mon enfance, mon père était aussi poli et serviable avec les étrangers qui nous rendaient visite à la maison, toujours prêt à les aider, toujours souriant, toujours prompt à sacrifier son temps et ses plaisirs pour eux, avant de devenir maussade et violent une fois seul avec sa famille, attaquant soudainement ma mère ou ses parents, à elle, parce qu'il savait qu'elle était attachée à eux et qu'elle serait blessée par ces attaques, il disait de ses parents qu'ils n'étaient que des

sales juifs,

des youpins de merde,

quand bien même ils n'étaient pas juifs, mais simplement parce que dans son monde et dans sa tête l'antisémitisme était une manière d'exprimer le dégoût et la haine.

Ma mère a repris :

– Et de toute façon, même si l'Autre essaye de me dire quelque chose demain, je me défendrai. Je te l'ai dit, je me laisse plus faire. Et en plus, j'ai mes enfants pour me protéger.

*

Le jour du déménagement est arrivé. Je me suis réveillé dans la chambre d'hôtel où j'avais passé la nuit pour laisser à ma mère mon appartement une dernière fois avant son départ. Aussitôt que j'ai ouvert les yeux, j'ai appelé ma sœur et son mari pour savoir s'ils avaient réussi à récupérer le camion, si tout s'était déroulé sans problème. C'était fait, ils étaient partis de chez eux très tôt le matin, à l'heure où le jour n'était pas encore levé. En fait ils étaient même à Paris depuis un moment, me disait ma sœur, ils avaient commencé à démonter les meubles et à charger les cartons. Ma mère était avec eux, la voix rieuse, elle s'est approchée du téléphone et elle m'a dit :

– Prends le temps de te réveiller, bois ton café tranquille et viens nous rejoindre après, on voulait pas te dire qu'on allait commencer aussi tôt parce que je voulais pas que tu mettes ton réveil, je voulais que tu te reposes. Je sais que tu détestes tellement le matin !

Je me suis révolté, mollement :

– Mais pour une fois j'aurais pu me lever tôt…

– T'inquiète, c'était un complot pour ton bien ! Allez, à tout de suite !

Je me suis préparé, j'ai bu quelques cafés dans la chambre d'hôtel, et j'ai pris le métro pour les rejoindre.

Dehors il faisait un temps splendide, tiède, le soleil chauffait la surface de ma peau. Je suis arrivé en bas de l'immeuble. Le camion était garé sur le trottoir, les portières ouvertes, criblé de logos multicolores.

J'ai pris ma mère dans mes bras. Ma sœur et son mari étaient là, son mari couvert de sueur à cause des efforts qu'il fournissait. L'ami à qui j'avais demandé de l'aide était arrivé lui aussi, il descendait l'escalier, des planches de bois dans les mains.

Et puis, sans y réfléchir, sans l'avoir cherché, j'ai tourné la tête et j'ai vu dans un angle, entre deux murs, en train d'observer la scène de loin, l'homme avec qui ma mère avait habité.

L'Autre.

Celui qui l'avait maltraitée pendant toutes ces années.

Et quand je l'ai vu, voilà où je voulais en venir, quand je l'ai vu il s'est passé quelque chose d'extraordinaire et de déroutant, quelque chose que je n'aurais pas pu anticiper ; quand mes yeux se sont posés sur lui, je n'ai pas ressenti de colère ni de haine comme je m'y étais attendu, je n'ai pas ressenti de rage, je n'ai rien ressenti de tel, seulement un étonnement profond, et de cet étonnement est née une question : comment un petit être aussi minable et insignifiant, avec un corps minuscule et une tête de rat, comment un être aussi dénué de vitalité et d'envergure avait-il pu être la source d'une telle violence ? Que s'était-il passé ?

Je ne pouvais pas détacher mon regard de lui.

Je lui ai fait un signe de tête, de loin, je ne me suis pas approché, mais en l'observant, je me suis mis à penser soudain que peut-être, cet homme n'était ni le coupable ni le responsable de ce qu'il avait fait, mais qu'il avait lui-même été le corps conducteur d'une violence qui le dépassait et qui n'est pas simple à expliquer, celle de son éducation, celle de sa classe sociale, celle de la vie en couple, celle de la domination masculine, je me suis mis à penser que peut-être, cet homme était le produit d'une ou plutôt de plusieurs situations entremêlées qu'il ne contrôlait pas, exactement comme ma mère avait elle-même été violente quand elle vivait avec mon père et qu'elle était sa prisonnière, exactement comme moi j'avais été violent avec elle en retour, je me suis mis à penser, en regardant cet homme d'apparence faible et pathétique, et contre toute attente ou anticipation de ma part, que peut-être, il était innocent, innocent non pas au sens où il m'inspirait de la sympathie ou de l'affection, loin de là, mais innocent au sens conceptuel, pur, au sens où rien en lui ne témoignait de la capacité de *faire*, d'*entreprendre* ; il n'avait que l'allure d'un individu qui reconduit et reproduit le monde qui l'entoure, pas d'un individu qui crée ou qui engendre quoi que ce soit, et je pensais que peut-être, ce que m'enseignait l'innocence de cet homme, que pourtant je détestais et méprisais, c'était l'innocence de tous, l'innocence comme condition généralisée.

Qu'est-ce que cet homme me disait de la condition humaine ? En le regardant, je pensais qu'une fois seul, il ne pourrait plus être violent.

Je le voyais misérable.

Je le voyais pauvre type.

J'éprouvais une sorte de pitié pour lui, mais je ne m'en suis pas approché pour autant.

Je me suis tourné vers ma mère.

– Tu es contente ?

– Tellement contente !

Je l'ai aidée à porter deux ou trois derniers petits sacs, tout avait déjà été empilé dans le camion pendant la matinée, il n'y avait presque plus rien à faire. J'ai proposé de commander des repas pour tout le monde. Le mari de ma sœur a répondu qu'ils n'avaient pas le temps, ils devaient vite repartir dans le Nord, lui travaillait tôt sur le chantier de construction d'une autoroute le lendemain ; il n'avait que vingt-cinq ans mais je voyais déjà son corps épuisé par le travail.

Ma sœur s'est approchée de moi :

– C'est bien, maman va se plaire dans mon village. Il y a plein de choses à faire, des promenades, des ateliers que la mairie organise. Elle s'ennuiera pas.

J'ai acquiescé :

– Oui, elle est heureuse d'aller là-bas.

Un silence gêné s'est posé entre nous.

– Tu te souviens quand on apprenait tous les deux l'espagnol à l'école et qu'on disait du mal de maman devant elle sans qu'elle puisse comprendre ?

Je me souvenais.

– On s'amusait bien. Mais je crois qu'elle se doutait de ce qu'on disait.

Ma sœur a laissé planer quelques secondes de silence, encore.

Je cherchais une phrase à dire mais je ne trouvais pas.

– Tu viendras nous voir dans le Nord maintenant qu'on est tous là-bas ? Si tu veux j'ai une chambre en plus, tu pourras rester chez nous. Tu es le bienvenu.

J'ai répondu que oui, je viendrais, même si je savais que je ne le ferais sans doute pas. Ma sœur a regardé autour d'elle :

– Bon, je crois qu'on va devoir y aller maintenant. Maman, tu es prête ?

Ma mère a levé ses deux pouces vers le haut et elle a souri. Je lui ai dit au revoir et ils sont tous montés dans le camion, elle, ma sœur, son mari. Le moteur a produit une série de bruits saccadés avant de se stabiliser, le camion s'est éloigné et il a disparu au milieu des autres véhicules, de plus en plus loin ; je l'ai observé. La fontaine à ma droite recouvrait les bruits de la ville.

*

Elle s'est installée. Les meubles et les appareils électroménagers qui manquaient ont été livrés à temps, tous en bon état. Ma mère avait cinquante-cinq ans, elle vivait seule pour la première fois de sa vie, sans enfants, sans homme, sans avoir d'autres personnes à sa charge ou à assister au quotidien, ça aussi je veux le redire : *Ma mère avait cinquante-cinq ans, elle vivait seule pour la première fois de sa vie, sans enfants, sans homme, sans avoir d'autres personnes à sa charge ou à assister au quotidien.* J'ai continué de l'appeler tous les jours, le temps qu'elle s'habitue à son nouveau cadre, comme une transition. Mais même quand nos appels se sont espacés, nous avons continué de nous parler plusieurs fois par semaine, ce qui n'avait jamais été le cas avant. Son évasion nous avait rapprochés.

Elle me disait : Je suis tellement heureuse ! Je me réveille à l'heure que je veux, je fais ce que je veux, personne n'est là pour me dire quoi faire !

Je lui répondais que je trouvais tellement injuste qu'il ait fallu attendre tout ce temps pour qu'elle vive cette expérience, mais elle me reprenait :

– C'est justement parce que j'en ai bavé que je suis encore plus heureuse maintenant ! Je m'en fous du passé ! Je supporte pas ceux qui pleurent sur leur passé !

Et je disais : Tu as raison, tu as raison.

Et je pensais : Elle est plus forte que moi.

Elle m'envoyait des photos et des vidéos d'elle et de son chien dans son salon, dans le silence et la tranquillité de l'après-midi, ses fenêtres ouvertes, la campagne au loin. Elle commentait : On est bien ! Elle partageait avec moi ses selfies devant le miroir où elle essayait des tenues, elle me parlait d'hommes qu'elle avait vus dans les rues et qu'elle avait trouvés beaux, elle me demandait de l'argent pour s'acheter des dentelles, des sous-vêtements, elle persévérait à renaître, comme une personne qui retrouve ses sens après un accident et qui redécouvre des fonctions que son corps pensait avoir oubliées.

(En vérité, quand elle m'avait montré la maison plus en détail, avec la caméra de son téléphone, j'avais été déçu, je l'avais trouvée étroite et abîmée, j'en avais parlé à Didier et il m'avait dit : Mais si elle l'a choisie et qu'elle te dit qu'elle est heureuse, c'est ce qui compte, non ? Et il avait raison, je devais faire attention à ne pas l'écraser en voulant l'aider, la frontière entre les deux est parfois mince.)

Deux mois après son installation, elle est revenue à Paris pour quelques jours. Je lui ai prêté mon appartement et elle s'est exclamée :

– Ah maintenant ça y est, j'ai un endroit à Paris et un endroit à la campagne, comme une riche !

J'avais acheté du champagne pour sa venue. Je l'ai ouvert, nous avons bu, et pendant deux heures elle m'a parlé de sa maison. Elle chantait, elle faisait des imitations des personnes du village qu'elle venait tout juste de rencontrer ; en la voyant aussi heureuse, je me suis mis à repenser à sa vie d'avant et à ces moments :

Quand elle vivait avec mon père et que sans raison, il mettait la télévision avec le son au maximum, qu'il exigeait qu'on se taise, sous peine d'une crise de colère de sa part.

Ma mère, me disait, la mine défaite, *Il est vraiment pas bien lui de faire ça, ça va pas bien dans sa tête ou quoi on dirait un psychopathe dans les films.*

Quand il avait reproduit cette même scène un jour de Noël, que toute la soirée du réveillon il avait mis une émission de divertissement vulgaire et qu'il nous avait empêchés de parler ensemble, de danser. Le lendemain elle m'avait dit, dépitée : Il a juste pris du plaisir à nous gâcher Noël. Je le voyais dans ses yeux.

Quand il partait au café et qu'elle devait l'attendre pour le repas du soir, même si elle avait faim. Il était le maître du temps : il décidait, elle attendait.

Quand elle me disait : Je sais pas pourquoi ton père est encore d'une humeur massacrante aujourd'hui.

Quand il invitait ses amis le soir à boire le pastis avec lui et qu'elle n'en pouvait plus, parce qu'elle voulait du calme et que plus mon père et ses amis buvaient, plus ils commentaient d'une voix forte le physique des femmes qu'ils voyaient à la télévision, Regarde les nibards de celle-là, et t'as vu son cul ?

Quand elle me disait : J'aimais tellement quand ton père travaillait au moins j'avais la paix il était pas ici toute la journée.

Quand elle suffoquait.

Quand la première fois que nous étions partis en vacances, sans lui, elle m'avait dit : Tu as vu comme je deviens plus gentille sans ton père ? C'est parce qu'il me stresse que je deviens aussi méchante que lui.

Quand elle suffoquait.

Et puis ces scènes avec l'homme chez qui elle avait habité à Paris, des scènes que je n'ai pas vécues directement mais qu'elle m'a racontées ensuite :

Quand il buvait.

Quand il l'insultait.

Quand il insultait mes frères et sœurs,

qu'il m'insultait.

La voix de ma mère : *On peut tout me faire mais pas ça, pas s'en prendre à mes enfants.*

Quand elle souffrait mais qu'elle le cachait.

Quand elle avait peur de manger parce qu'elle savait qu'il le lui reprocherait.

Quand elle souffrait mais qu'elle le cachait.

Maintenant c'était fini.

Elle était seule.

Elle était libre.

II

C'est trois ans après sa fuite à travers la ville, peut-être deux. Le temps s'est accéléré, où est-il passé, le fait est que je n'ai pas eu l'occasion encore d'aller la voir dans le village, je n'ai pas vu sa maison de mes propres yeux, mais elle, elle continue d'être là, de venir à Paris, elle vient presque tous les mois, à chaque apparition elle ne cesse jamais de dire son enchantement, son émerveillement.

Elle revoit même l'Autre, elle ne veut pas dormir chez lui quand il l'invite, elle ne veut pas passer plus d'une heure en sa compagnie, mais elle accepte de prendre un verre parfois, quand il insiste, elle dit qu'il n'a plus aucun pouvoir sur elle, elle dit, comme je l'ai compris le jour du déménagement, que la violence n'est jamais engendrée par une personne mais par une situation, alors elle se tient à distance – un seul soir elle refait l'erreur d'accepter de passer le week-end dans l'appartement où elle a habité avec lui. Aussitôt la même scène se réenclenche : il boit, il boit, et il l'insulte, il lui dit qu'elle le dégoûte, qu'elle est une pute, une truie. Elle m'écrit pour me demander si elle peut partir aussitôt dans l'appartement de mon ami Giovanni, elle a la clé de chez lui, il est souvent absent et c'est dans son appartement qu'elle dort quand elle vient me voir ou quand elle vient simplement profiter de l'atmosphère de la ville.

Après cela elle ne va plus jamais dormir chez l'Autre. Plus jamais. Mais elle continue de lui parler, elle dit :

– Ça sert à rien d'en vouloir aux gens, c'est du temps perdu.

*

Je la vois le plus souvent à la terrasse d'un café de Saint-Germain-des-Prés, ou chez moi, dans le salon qui a été le sien pendant les dix jours de sa métamorphose et de son évasion.

Elle est une femme qui sourit.

Bien sûr le lien entre nous n'est plus aussi fort qu'il l'a été quand elle souffrait, rien ne rassemble autant qu'une souffrance partagée, mais les événements traversés ont ouvert une brèche dans le présent : désormais une tendresse continue que rien ne semble pouvoir briser forme le socle de nos rencontres et de nos échanges.

Je pars à la recherche de son adolescence et de sa jeunesse, je lui pose des questions encore inimaginables quelques années plus tôt, je suis devenu l'archéologue de ma mère :

– Je veux tout savoir. On peut commencer n'importe où. Dis-moi ce que tu faisais un jour comme aujourd'hui par exemple, à seize ans.

– Un jour comme aujourd'hui ? Je me préparais sûrement pour aller au bal. J'adorais ça, c'était l'époque où on allait au bal pour rencontrer des garçons.

– Et tu en rencontrais beaucoup ?

– Je me battais aussi avec eux quand ils m'emmerdaient un peu trop. J'étais un garçon manqué, fallait pas me chercher.

Je ris.

Elle est une femme qui me fait rire.

*

Elle n'est plus ma mère. C'est peut-être pour ça que le lien entre nous est devenu possible. La seule fois où je m'ennuie avec elle, c'est quand elle vient à Paris avec mon plus jeune frère : sa présence la force à jouer le rôle attendu d'une mère, elle parle du poids à la naissance d'un petit-cousin que je n'ai jamais rencontré, elle se dispute avec mon frère comme je me disputais avec elle dans les premières années de ma vie.

Désormais je m'arrange pour ne la voir que seule : là, elle redevient autre chose qu'une mère, elle est une amie, une femme qui parle de ses propres désirs, ses envies, ses rêves.

Je m'acharne aussi à être autre chose qu'un fils, à être plus, à être mieux.

Un ami me dit : Il faut amicaliser la relation avec sa mère.

*

Et puis un après-midi je reçois un appel sur mon téléphone.

L'homme qui me parle est un metteur en scène de théâtre allemand célèbre. Il me dit que,

voilà,

il voudrait créer un spectacle à partir d'un livre que j'ai écrit et publié sur elle l'année d'avant, ma mère, le livre s'appelle *Combats et métamorphoses d'une femme*, dans ce livre je raconte comment elle a fui mon père après plus de vingt années avec lui, vingt années de suffocation, dans ce livre j'ai tenté de retracer sa première évasion, avant son arrivée chez l'*Autre* à Paris, le metteur en scène m'annonce qu'il souhaiterait créer son spectacle dans l'un des plus grands théâtres d'Allemagne, à Hambourg, une salle immense, cathédralesque, dans laquelle mille deux cents personnes s'assoient dans l'obscurité face à la scène. Il me dit qu'il a des idées déjà, il imagine quelque chose de grandiose, d'extravagant, un groupe de musiciennes allemandes féministes des années 1980, le groupe n'existe plus mais les musiciennes accepteraient de se réunir de nouveau pour le spectacle et de composer des chansons inédites, il dit qu'il imagine Eva Mattes, une actrice mythique de Rainer Werner Fassbinder, pour incarner ma mère, une autre actrice qui se transformerait en papillon et s'envolerait à quinze mètres au-dessus du public pour symboliser les luttes et les victoires d'une femme qui semblait condamnée à ne jamais s'échapper, il explique qu'il ne veut pas prendre le parti du réalisme mais au contraire celui de la fantaisie, une fantaisie à la hauteur des rêves et des réinventions de cette femme du livre qui l'a ému, et en l'écoutant me décrire son projet une pensée me traverse : je vais emmener ma mère avec moi.

Tout à coup me vient l'idée que je pourrais l'emmener, et que ce voyage pourrait constituer dans son histoire le chapitre d'une nouvelle odyssée de la Revanche : pour elle qui a passé une grande partie de sa vie dans l'ombre, dans de minuscules villages du Nord puis dans un sinistre appartement de fonction parisien, retenue à la maison par les hommes, cachée, invisibilisée, maintenue dans le silence par toutes les formes de Pouvoir, elle qui pendant toute mon enfance répétait *Les petits comme nous tout le monde s'en fout*, elle femme, pauvre, mère de cinq enfants à un peu plus de trente ans déjà, sans diplômes, sans carrière, elle pourrait voir sa vie représentée sur une scène de théâtre, devant une foule d'anonymes, sa vie incarnée par de grandes actrices du théâtre allemand, mise en lumière, en musique, érigée en modèle.

Je remercie le metteur en scène. Je lui dis que oui, j'accepte sa proposition évidemment. Il ajoute que si je le souhaite le théâtre réservera des billets pour ma mère et pour moi.

Je dis merci, merci, et je raccroche.

J'attends le prochain séjour de ma mère à Paris. Ma hâte ralentit le temps, c'est quand je voudrais qu'il passe qu'il s'arrête et quand je voudrais qu'il s'arrête qu'il se consume, je compte les jours, je parle de mon projet à mes amis, à Didier, à Geoffroy, à Tash, à Giovanni, je veux être sûr de bien faire les choses, de ne pas faire d'erreur, et un après-midi elle est là enfin, de retour, face à moi, à la terrasse de ce même café de Saint-Germain-des-Prés où nous avons nos habitudes.

Je lui annonce :

– J'ai une surprise pour toi.

– Ah bon ?

– Oui, mais seulement si tu en as envie. C'est à toi de décider.

– Dis-moi.

– J'ai reçu un appel il y a quelques jours d'un metteur en scène en Allemagne. Il aimerait faire une pièce de théâtre sur ta vie. Est-ce que tu voudrais y aller avec moi ? Est-ce que ça t'intéresserait ?

Elle sursaute :

– Mais comment je vais faire ? Tu as vu ma teinture comme elle est abîmée ? Je veux pas qu'on me voie avec des cheveux blancs !

Je ris :

– C'est dans plusieurs mois, on aura le temps de s'en occuper… Alors tu veux ?

Elle me regarde comme un fou qui poserait une question insensée :

– Oui. Bien sûr que je veux.

*

Le jour de la représentation et de notre voyage approche. Elle en parle beaucoup et au cours de nos discussions, je prends pleinement conscience de toutes les dimensions que contient ce départ imminent pour l'Allemagne : ma mère n'a jamais traversé une frontière de sa vie, elle n'a jamais vu un autre pays que le sien, à part à l'occasion d'un après-midi en bateau aux abords des côtes anglaises, avec l'école, à quelques kilomètres seulement de la ville portuaire du nord de la France où elle a grandi, elle n'a jamais marché dans une rue et entendu parler une autre langue que la sienne, elle n'a jamais été au contact d'une autre culture, d'une autre civilisation, elle a cinquante-sept ans et elle n'a jamais pris l'avion de sa vie, jamais, elle n'a jamais vu le ciel de l'intérieur et la terre depuis le ciel, elle n'a jamais dormi dans une chambre d'hôtel, elle n'est jamais allée au théâtre, si ce n'est pour voir quelques spectacles scolaires entre dix et douze ans, elle n'a jamais vu un véritable plateau avec une véritable mise en scène, elle n'a jamais bien sûr vu un spectacle dont elle serait le centre, elle n'a jamais été invitée à voyager par une institution comme peuvent l'être les artistes, les hommes ou les femmes politiques.

Toutes ces choses qu'on s'apprêtait à faire ensemble seraient pour elle une succession de Premières Fois.

Une guerre contre une armée de Jamais.

*

Elle m'a rejoint au pied de mon immeuble aux alentours de midi. Elle était parfumée, ses cheveux d'un blond resplendissant. La semaine d'avant elle avait passé un après-midi chez un coiffeur-visagiste du quatorzième arrondissement.

Elle m'avait appelé en sortant :

– C'est autre chose que les teintures du supermarché !

Ce jour du Départ elle a posé sa petite valise sur le trottoir et elle fait un tour sur elle-même.

– Alors ?

– Tu es parfaite.

– Je suis la reine de Paris, n'oublie pas, c'est ce que tu m'as dit un jour.

Je l'ai embrassée sur la joue, j'ai pris sa valise et nous avons marché jusqu'à la station de RER la plus proche. Sur le chemin je lui demandais :

– Tu as bien dormi ?

– Pas trop, j'étais excitée par le départ.

– Et tu as ta carte d'identité ?

– Oui regarde.

Elle avait préparé une pochette sur laquelle elle avait écrit : *Voyage à Hambourg*, avec ses papiers d'identité, mais aussi sa carte de Sécurité sociale, son livret de famille, son billet d'avion imprimé, une lettre qu'elle avait écrite pour l'équipe du spectacle, beaucoup trop de documents.

(Et j'ai vu à l'aspect de la lettre qu'elle avait dû passer des journées entières à y réfléchir et à la rédiger pour qu'elle ne comporte aucune rature et que sa calligraphie soit la plus parfaite possible. J'ai vu aux mots qu'elle employait qu'elle avait pesé, cherché, comparé les expressions pour tenter d'écrire dans un français soutenu. Elle m'a demandé :

– Tu pourras la relire dans l'avion et me dire si ça va ?

Je me suis rappelé comment, quand j'étais au lycée, elle me chargeait d'écrire les courriers administratifs à sa place, avec le sentiment que, étant le premier dans la famille à entamer un cycle d'études, j'étais celui qui maîtrisait le langage et donc celui qui saurait s'en servir pour convaincre un fonctionnaire de nous attribuer une bourse ou une aide quelconque. Je me suis rappelé sa respiration derrière mon épaule pendant que j'écrivais, concentré, le rapport qui s'inversait soudain entre nous.)

À l'aéroport, tout était nouveau pour elle : passer les contrôles de sécurité, placer ses affaires dans les bacs en plastique pour qu'elles soient scannées, sortir ses produits liquides. Je l'avais prévenue de n'emporter que des petits flacons mais elle avait avec elle un grand spray hydratant pour le visage, un tube de paillettes liquides pour la peau, un après-shampoing.

Je lui ai dit qu'elle allait devoir les jeter à la poubelle.

Elle a regardé en direction des contrôleurs, sûre d'elle :

– Je vais leur expliquer que c'est juste des produits de beauté.

Je lui ai répondu que ça ne fonctionnerait pas et elle m'a fixé avec une mine étonnée :

– Mais qu'est-ce qu'il y a de mal à transporter des paillettes ?

*

L'avion a décollé. Je lui avais réservé un siège près du hublot au moment de l'enregistrement pour qu'elle puisse profiter de la vue : elle s'est assise, elle a collé son visage contre la vitre circulaire et elle n'a pas bougé pendant toute la durée du vol. Elle était hypnotisée par l'immensité face à elle, par la lumière. Elle se tournait vers moi quelquefois pour me dire, avec une voix plus jeune que d'habitude :

– C'est beau !

Elle sortait son téléphone et elle filmait le défilé des nuages et le bleu du ciel qui nous enveloppait.

– Je vais le montrer au petit Arthur le fils de ta sœur il va pas en revenir !

À Hambourg aussi elle s'émerveillait de tout, elle voulait capter les détails les plus infimes de ce qu'elle observait : Tu as vu les voitures de police sont pas pareilles qu'en France ! Par contre les maisons sont ressemblantes ! Les mêmes toitures ! Il y a des serviettes de bain dans la chambre d'hôtel ! J'ai pris les miennes pour rien ! Il y a même du shampoing gratuit !

Je lui ai promis qu'on ferait d'autres voyages à deux.

Elle a ajouté :

– Petite mon plus grand rêve c'était de faire le tour du monde.

*

À huit heures du soir elle m'attendait dans le hall de l'hôtel pour partir au théâtre.

Je l'ai vue de loin, elle serrait les poings et elle agitait les jambes.

– Je suis un peu stressée.

– Ne t'en fais pas, ça va bien se passer. Tout le monde veut te connaître.

Nous avons marché jusqu'au théâtre, situé juste à côté. Elle serrait mon bras avec le sien. Je percevais l'odeur de son parfum. Sa peau brillait. Le metteur en scène nous a accueillis.

– Maman, c'est Falk Richter. C'est lui qui a fait le spectacle.

Il lui a tendu la main et lui a dit en français, avec un léger accent allemand :

– Enchanté, madame. Je suis très heureux que vous soyez ici ce soir. J'admire beaucoup votre parcours, vous êtes une femme courageuse.

Je lui avais raconté que c'était ce que Didier lui avait dit le jour où elle s'était évadée, et qu'elle avait aimé cette remarque. Il la répétait pour lui faire plaisir. Il s'en était souvenu. J'étais touché par ce geste, par cette attention aussi délicate.

Elle a hoché la tête :

– Ah oui. J'ai toujours dit à mes enfants que le plus important, c'est le courage.

Elle surveillait sa manière de parler, elle essayait de contrôler son accent du Nord, je le voyais. J'avais envie de lui dire qu'elle avait le droit d'être elle, qu'elle ne devait pas chercher à être quelqu'un d'autre, mais après tout est-ce que je ne faisais pas la même chose, à d'autres niveaux ? Moi aussi je modifiais mon attitude devant les inconnus, devant le public qui se massait ce soir-là aux portes du théâtre, devant les ouvreurs, devant les libraires qui vendaient mes livres. Qui ne change pas sa manière d'être devant les autres ?

Peut-être qu'elle n'en tirait pas de la souffrance ni de la honte, mais du plaisir, celui de jouer à être quelqu'un d'autre, et donc, pendant quelques instants, de le devenir.

Le metteur en scène lui a demandé :

– Est-ce que vous accepteriez de venir saluer avec nous sur la scène tout à l'heure ?

Je l'avais avertie, elle était prête.

– Oui, oui. Enfin, si vous voulez.

Il a chuchoté :

– J'adorerais.

Puis, avec un sourire :

– Nous allons faire les saluts par ordre d'importance après le spectacle. D'abord moi, le moins important, le metteur en scène. Ensuite votre fils l'écrivain. Et vous à la fin, la plus importante.

Quand il a dit cette phrase elle a ouvert les yeux en grand et elle a répondu avec une expression profondément étonnée :

– Ah bon ? Je suis importante ?

Cette phrase-là, elle n'avait pas pu la maîtriser, elle était sortie d'elle, pure, vraie, absolue.

– Bien sûr que vous l'êtes ! Regardez tous ces gens qui sont venus écouter votre histoire.

Elle était déroutée. Je l'ai serrée dans mes bras.

Le metteur en scène s'est excusé, il devait partir, parler à l'équipe artistique avant le début de la représentation, il nous retrouverait plus tard.

Je me suis tourné vers elle :

– Ça va toujours ?

Elle m'a fait signe que oui. Elle n'arrivait plus à parler. Et en moi, je me repassais son étonnement, encore et encore :

Ah bon ? Je suis importante ?

*

Nous nous sommes assis sur les sièges recouverts de velours pourpre sous un lustre démesuré, entourés de dorures et des chuchotements des spectateurs – des chuchotements particuliers, ceux du privilège de ceux à qui l'art s'adresse, feutrés, apaisés, même dans le chuchotement il existe une différence de classe.

La lumière s'est éteinte et le spectacle a commencé. Les acteurs ne s'exprimaient pas en français, mais en allemand, je murmurais à l'oreille de ma mère pour qu'elle puisse se repérer, qu'elle comprenne à quel moment de sa vie chaque scène faisait allusion.

Je l'ai dit, la pièce était tirée du livre que j'avais écrit sur sa séparation d'avec mon père, sa fuite avant l'autre fuite de chez l'homme avec qui elle avait habité à Paris, et on voyait sur la scène s'enchaîner les séquences de sa vie entre vingt-cinq et quarante-cinq ans, comment elle avait rencontré mon père, comment il lui avait fait croire pour la conquérir qu'il serait différent des autres hommes qu'elle avait connus, avant de se comporter exactement comme eux, l'insultant, la maltraitant. Je craignais que la confrontation entre elle et ces scènes de violence ne la blesse, et je lui ai dit à voix basse, pour lui offrir la possibilité de dénier ce qu'elle voyait :

– N'oublie pas que c'est du théâtre, c'est exagéré évidemment…

Elle a cherché mon regard dans l'obscurité :

– C'est pas exagéré du tout, c'était exactement comme ça !

Elle riait.

Rien ne pouvait plus la blesser.

Quand nous avons vu sur le plateau l'actrice qui incarnait son rôle décider, après une série de disputes avec l'homme qui jouait mon père, de remplir des sacs plastique avec les affaires de son mari et de les jeter dans la rue par la fenêtre en lui ordonnant de ne plus jamais revenir, comme ma mère l'avait fait dans la réalité quelques années plus tôt, elle, ma mère, s'est tournée vers moi et elle a tiré ses deux bras vers elle : *Yes Yes Yes !,* comme si elle avait eu peur que l'actrice ne parvienne pas à s'échapper, comme si en voyant son passé rejoué, ce passé redevenait présent, c'est-à-dire vulnérable aux contingences et aux accidents, comme si le présent du spectacle avait pu modifier son histoire.

J'aurais voulu que cette représentation de ma mère ne s'arrête jamais, qu'elle puisse se contempler pour l'éternité, et que je puisse la contempler se contempler, qu'elle sente mon regard sur elle et celui des autres à la fois sur son corps et sur son histoire, dans un jeu de miroirs infini.

Le rideau est tombé et le public autour de nous a applaudi.

J'ai ressenti à cet instant l'excitation et l'appréhension surgir comme une série de spasmes du corps de ma mère, assise à quelques centimètres de moi. Ses yeux brillaient. Elle savait que dans une poignée de secondes c'est elle qui serait observée par des milliers d'yeux.

Et je pensais : *Nous y voilà.*

J'avais fantasmé cette image depuis des mois, Freud définit quelque part le fantasme comme un rêve éveillé, un rêve diurne.

Et les applaudissements étaient si forts, je le jure, ils étaient si forts tandis que les acteurs et les actrices revenaient saluer qu'ils faisaient vibrer le sol sous nos pieds.

Je pensais : *Une revanche de plus pour elle.*

Si la liberté n'est pas une revanche, alors elle n'est pas une liberté, voilà ce que je crois.

L'un des acteurs principaux du spectacle, celui qui jouait le rôle du narrateur, a saisi un micro que lui tendait un technicien et il a demandé le silence dans la salle.

Mon cœur s'emballait : *Bientôt son tour. Bientôt à elle.*

L'acteur a appelé Falk en premier, comme prévu, pour qu'il vienne saluer avec lui.

Falk est monté sur le plateau.

Applaudissements.

Bientôt son tour. Bientôt à elle.

L'acteur m'a appelé. J'ai chuchoté à ma mère en me levant, *À tout de suite*, et j'ai rejoint les autres sur la scène.

Et puis, pendant que les applaudissements continuaient, l'acteur-narrateur a rétabli le silence et a annoncé : *Nous avons une surprise de plus pour vous ce soir. Quelqu'un de spécial est venu voir le spectacle... Mesdames et messieurs, merci de faire un triomphe à la mère de l'auteur, Monique.*

Toutes les personnes dans la salle se sont levées. D'un mouvement unique, comme un seul corps. Elles ont applaudi plus intensément, plus bruyamment, mille deux cents personnes qui criaient d'enthousiasme, hurlaient, sifflaient pour lui faire honneur.

Ma mère souriait, je la voyais de loin, le trac rendait ses mouvements moins fluides et plus maladroits mais elle était heureuse, ça aussi je le jure, elle était heureuse.

Elle s'est approchée de la scène, l'acteur l'a aidée à monter, elle l'a remercié, elle a repris sa respiration et enfin elle s'est tournée vers la salle qui hurlait son nom.

Elle s'est avancée.

Pas assez, elle n'osait pas, par timidité, par méconnaissance des conventions du théâtre.

Je l'ai poussée légèrement dans le dos pour qu'elle s'approche un peu plus du bord de la scène.

Les cris de joie dans la salle ont redoublé.

Les applaudissements se prolongeaient, duraient, et je pensais : *Ils ne s'arrêteront peut-être jamais*.

Je voyais la nuque de ma mère quelques mètres devant moi, ses cheveux qu'elle avait coiffés et teints pour l'occasion, son corps de plus en plus libre, son poing qu'elle avait levé en direction du ciel, et je me répétais : *Elle a gagné.*

Elle a gagné.

III

Deux semaines après le retour du voyage en Allemagne, elle avait pris le train depuis le nord de la France pour venir passer l'après-midi chez moi à Paris.

Je voulais qu'elle me dise avec le recul des jours ce qu'elle avait éprouvé, comment elle avait vécu de l'intérieur ce spectacle, puis tout ce qui s'était produit ensuite, le même soir : les inconnus qui s'étaient pressés devant elle à la sortie pour lui parler et lui faire signer des livres et des programmes, d'autres qui lui avaient demandé s'ils pouvaient prendre des photos à ses côtés, la fête organisée par le théâtre durant laquelle les musiciennes du spectacle lui avaient commenté les chansons qu'elles avaient composées pendant les répétitions, en s'inspirant d'elle, de son histoire et de ses combats, en se basant sur sa vie et ses expériences – l'une des chansons, sa préférée, s'appelait *La Reine de Paris*.

(Encore une anecdote : j'avais cru qu'elle s'ennuierait à cette fête puisque personne ou presque ne parlait français, qu'il fallait lui traduire phrase par phrase tout ce qu'elle entendait. J'avais réservé une

table dans un restaurant pour nous deux, où j'avais pensé qu'on irait après ; j'avais imaginé qu'on s'échapperait à une certaine heure pour qu'elle soit plus à l'aise, mais elle n'avait pas voulu quitter la fête. Je lui avais demandé :

– Tu veux rester ? Ça ne te dérange pas qu'ils parlent tous en allemand et en anglais ?

Et elle m'avait répondu :

– Oh oui je veux rester, je suis bien ici !

Et nous étions sortis à trois heures du matin, les oreilles qui bourdonnaient, affamés, et nous avions marché dans la nuit glaciale jusqu'au McDonald's le plus proche, celui de la gare de Hambourg, le seul endroit où on pouvait encore se restaurer au milieu de la nuit, et nous avions mangé en silence, épuisés, dans l'odeur de la friture, éclairés par les néons, épuisés mais saturés de souvenirs et d'images, comblés.)

Quinze jours après donc, elle a frappé à la porte de mon appartement ; je l'attendais. Je me suis levé, je lui ai ouvert et je l'ai fait entrer.

J'avais préparé des questions pour elle. Je savais qu'elle avait montré à des voisins dans son village la vidéo de sa montée sur la scène, sous les applaudissements – ma sœur me l'avait dit.

Je lui ai demandé comment elle allait, ce qu'elle avait fait pendant ces quelques jours au cours desquels on ne s'était pas vus, mais au moment où elle s'apprêtait à me répondre elle a repéré, posé sur une de mes étagères, un exemplaire du livre dont le spectacle allemand s'était inspiré, *Combats et métamorphoses d'une femme.*

Elle s'en est approchée, elle l'a pris dans sa main et elle l'a examiné.

– Depuis que tu as fait ce livre, j'ai encore beaucoup changé. Il faudra que tu l'écrives un jour ! Je me suis encore transformée.

Je lui ai dit qu'elle avait raison :

– C'est vrai. C'est vrai. Je le ferai.

À l'époque à laquelle elle a prononcé ces mots, à moitié pour plaisanter, à moitié sérieuse, je tentais d'écrire un autre livre. Ce livre explorait l'histoire de ma relation avec mon frère le plus âgé, mort de l'alcool à trente-huit ans.

Depuis j'ai mis de côté ce récit de la relation fraternelle pour écrire à la place ce nouveau chapitre de l'existence de ma mère, de ses métamorphoses.

À travers elle, j'ai découvert le plaisir d'écrire au service d'un autre, d'une autre.

J'ai appris l'enchantement que procure la disparition, l'effacement, le fait de ne devenir qu'un regard dans l'histoire d'un autre destin que le mien.

Ce livre que vous lisez est, en un certain sens, le résultat d'une commande de ma mère.

Je ne l'ai pas décidé, pas programmé.

Je n'en ai pas eu l'idée le premier.

Rien en littérature ne m'avait jamais autant procuré de joie.

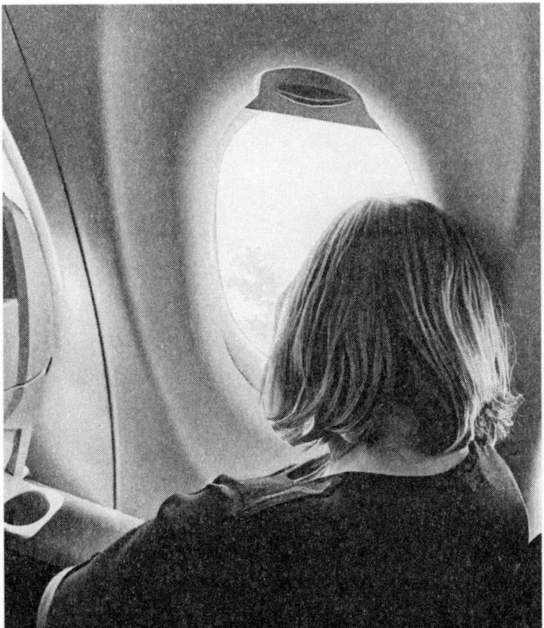

Pour les citations et références au fil du texte :

Les Éditions Points s'engagent pour la protection de l'environnement et une production française responsable

Ce livre a été imprimé en France, sur un papier certifié issu de forêts gérées durablement, chez un imprimeur labellisé Imprim'Vert, marque créée en partenariat avec l'Agence de l'eau, l'ADEME (Agence de l'environnement et de la maîtrise de l'énergie) et l'UNIIC (Union nationale des industries de l'impression et de la communication).

La marque Imprim'Vert apporte trois garanties essentielles :

- La suppression totale de l'utilisation de produits toxiques
- La sécurisation des stockages de produits et de déchets dangereux
- La collecte et le traitement de produits dangereux

RÉALISATION : NORD COMPO À VILLENEUVE-D'ASCQ
IMPRESSION : NORMANDIE ROTO IMPRESSION S.A.S À LONRAI
DÉPÔT LÉGAL : AVRIL 2025. N° 157862 (2500832)
IMPRIMÉ EN FRANCE